TERRE BRÛLÉE

Charlène Clarridge

ISBN : 9782491491154

Terre brûlée.

Le début de l'été dans le sud de la France. Ensoleillement maximal et légère brise tiède, un après-midi idéal partagé entre amis dans un petit jardin d'une zone pavillonnaire. Juste assez de bonheur pour rendre le sourire au visage de Lena. Elle avait toujours préféré ce genre de moments simples aux réunions organisées et survoltées. Plus encore depuis qu'elle avait dépassé la quarantaine. Et d'autant plus depuis son divorce, deux ans plus tôt. Après avoir vécu auprès d'un homme aussi volubile que l'était son ex-mari, elle goûtait chaque instant de paix à sa juste valeur. Et ce jour-là, en voyant le soleil haut dans le ciel méditerranéen, elle s'était décidée à prendre sa vieille Austin pour rendre visite à son amie Marion. À une trentaine de kilomètres de Montpellier, dans son village retiré dans les terres. Marion était en plein congé maternité pour son troisième enfant et au téléphone, Lena l'avait trouvée particulièrement fatiguée. Elle aussi avait connu autrefois ces périodes compliquées et éreintantes que sont celles de la maternité. D'autant qu'elle avait mis au monde des jumeaux, et être parvenue à les élever lui était apparu comme un exploit, tant son naturel un peu brouillon avait été bousculé. Il avait fallu devenir organisée et rigoureuse pour le bien-être de ses fils. Cela ne s'était pas fait sans douleur. Sachant qu'elle s'était séparée de leur père deux ans après leur naissance. L'histoire banale de deux êtres qui s'étaient connus trop jeunes. Elle n'avait plus de regret à ce sujet depuis bien longtemps. Ses garçons étaient désormais âgés de vingt-deux ans et menaient leurs vies de manière autonome. Elle avait réussi, bon an mal an, à les guider sur le chemin de l'âge adulte. Pas tout à fait seule bien sûr, puisqu'elle avait rencontré et épousé celui qui était maintenant son ex-mari quand ils avaient dix ans. Reste qu'à quarante-trois ans, elle découvrait depuis peu le bonheur de vivre pour elle-même, presque totalement vouée à la passion qui était devenu son métier : le dessin. Elle gagnait bien sa vie en illustrant toutes sortes de livres mais plus que l'argent, elle pouvait enfin laisser libre cours à sa créativité. Passant ainsi parfois des nuits entières à peaufiner les contours d'un héros destiné à la couverture d'un ouvrage d'Heroic Fantasy. Avalant des litres de tisane entourée de ses chats, tellement prise dans le processus de création qu'elle s'endormait souvent sur sa table à dessin peu avant l'aube. Et à chaque fois au réveil, elle découvrait le fruit de sa passion avec surprise. Comme s'il ne s'était pas s'agit de son propre travail. Ainsi Lena combattait-elle ce manque qu'elle se refusait à combler. Le manque de l'autre. D'un autre. De cette sensation de sécurité, de paix et de protection qu'on ressent entre des bras solides. Elle s'était convaincue de n'en n'avoir plus besoin. Même s'il arrivait parfois que le sourire, la voix d'un homme la fasse frissonner de manière inattendue ; elle ne cherchait pas à tout prix à se jeter dans une nouvelle relation amoureuse. La précédente s'étant échouée sur un long récif de trahison…

Cet après-midi-là, Lena et Marion s'étaient installées sur une couverture dans l'herbe avec le bébé pendant que les deux autres enfants se pourchassaient dans le jardin. Raphaël, le mari de Marion, un fou de mécanique, bricolait sa vieille coccinelle dans le garage et les deux amies pouvaient bavarder à bâton rompu en toute quiétude. De confidences intimes en bêtises beaucoup plus légères, elles n'étaient jamais en mal de sujets de conversation. Souvent, les enfants revenaient au cœur de leurs interrogations, d'autant que ceux de Marion, âgés de sept, cinq ans et six mois ne manquaient pas d'interrompre les bavardages des deux femmes. Mais ce jour-là, quelque chose d'autre vint troubler ce paisible tableau. Raphaël reçut un coup de téléphone et vint dire à sa femme : « Devine qui vient de m'appeler ?

— Je ne sais pas… Ta sœur ?

— Non, le mec dont ma mère nous a parlé dimanche dernier !

— Développe un peu, je ne vois pas…

— Mais si ! Ce type qui tient un garage de rénovation ! Pour les voitures anciennes !

— Non ? Il t'a appelé ? Direct, comme ça ?

— Oui, elle lui a donné mon numéro et… Il va passer.

— Ici ? Quand ?

— Il arrive. Il est dans le coin, à trente minutes à peine, je lui ai proposé de passer pour qu'on discute ! ». Le jeune couple semblait ravi et quelque peu excité mais Lena ne comprenait pas tout. Raphaël retourna dans son garage en se frottant joyeusement les mains, Marion dit à son amie : « Je t'explique, tu sais que c'est le rêve de Raph de bosser dans un garage qui fait de la rénovation…

— Ça oui, il nous en a assez parlé !

— Sa mère, enfin le nouveau copain de sa mère est ami avec un gars qui tient ce genre de garage. Un truc très classe ! C'est lui qui doit venir. Il cherche à embaucher un mécano motivé.

— Raph quoi…

— J'aimerais bien oui ! D'autant que ce serait particulièrement bien payé.

— Croisons les doigts alors ! ». Peu après, Marion se fit un peu anxieuse et se mit machinalement à mettre de l'ordre dans le jardin. Son bébé s'était endormi dans les bras de Lena et cette dernière n'osait plus bouger de la couverture où elle était assise en tailleur. En rabattant sur lui un pan de sa longue robe légère, elle n'avait de cesse d'admirer les courbes pleines et détendues du petit Gael. Sa peau de satin rose et ses cils longs et fins reposant sur ses joues rebondies. Son parfum de lait et de talc la plongeait dans une douce mélancolie. Une voiture se gara dans la rue et Lena vit son amie se redresser comme un suricate pour guetter l'entrée donnant sur le garage. De petite taille et de ligne plutôt plantureuse, la jeune femme n'en paraissait pas moins autoritaire dans cette posture. Mais soudain, elle tourna les talons pour rejoindre son amie sur la couverture. Raphaël faisait justement entrer l'homme qu'il attendait. Lena n'y prêta guère attention, davantage amusée par le comportement fébrile de son amie. Elle la taquina un peu alors que les deux hommes discutaient. Ils s'engouffrèrent dans le garage et Marion souffla : « Pétard ! Il faut que ça marche !

— Détends-toi, pourquoi ça ne marcherait pas ?

— J'en sais rien mais… On a besoin qu'il décroche ce boulot.

— Hey… Tu sais que si tu as des soucis de fric, je peux…

— Non, enfin si. On ne roule pas sur l'or mais… Il ne faudrait pas que la situation actuelle dure trop longtemps disons.

— Je vois. Quoi qu'il en soit, si tu as besoin, n'hésite pas à…

— Je sais… ». Elles échangèrent un sourire affectueux, il n'était pas nécessaire d'en dire plus. Le petit Gael dormait profondément et les bras de Lena s'engourdissaient, elle se proposa d'aller le mettre dans son lit. Marion opina et elles se rendirent ensemble dans la chambre du bébé. Quand il fut au lit, Lena fit une pause au salon pour échanger quelques mots avec Anaïs et Elliot qui s'étaient enfin posés pour faire du coloriage. Ils avaient éparpillé des crayons de couleurs et des feuilles de papier un peu partout et sans même y penser, Lena se mit à mettre un peu d'ordre alors que les enfants lui montraient fièrement leurs dessins. Marion traversa le salon en portant un plateau de boissons fraîches : « Mais qu'est-ce que tu fais ? Tu as gardé des réflexes de mère au foyer toi ! Laisse ça et viens plutôt sur la terrasse, c'est plus intéressant… ». Intéressant ? Le terme piqua la curiosité de Lena. Et en faisant un pas sur la terrasse couverte, elle comprit de quoi parlait Marion. Raphaël se trouvait là avec l'homme qu'il avait invité, son potentiel futur patron. Et la première chose que vis Lena fut sa carrure haute et imposante. Elle n'avait pas encore levé les yeux que Raphaël la présentait et que l'inconnu lui tendait la main. Une main large qui lui fit voir la sienne comme étrangement petite quand elle la serra. Et en relevant la tête, elle croisa brièvement un regard à la fois clair et ténébreux. Des prunelles bleu ciel bordées d'épais cils bruns. Raphaël dit : « Voici Lena, une très bonne amie.

— Enchanté. Gérald… ». Une voix grave et légèrement cassée, de celles qui la faisait toujours frissonner. Elle sourit : « Enchantée Gérald. ». Et chacun s'assit autour de la table alors que Raphaël servait à boire. Marion adressa un regard de biais à son amie qui lui donna un petit coup de genou discret sous la table. Lena prit un air détaché, elle savait mieux que personne dissimuler son intérêt aux yeux des gens. Elle ne manqua cependant pas d'observer discrètement ledit Gérald. Et ce qu'elle voyait ne lui déplaisait pas du tout, bien au contraire. Des larges épaules, un nez bien droit, quelques rides au coin des yeux, une longue chevelure poivre et sel fournie attachée en catogan, une barbe courte et taillée, chaque détail semblait n'être là que pour la séduire. Le hâle naturel de sa peau, doré sans être ostensible. Et cette voix grave, presque vibrante. Quelque chose tinta en Lena, comme un signal d'alerte, mais elle resta impassible jusqu'au moment où Raphaël voulut lui servir un verre de jus de fruit : « Non attends, j'ai plus envie d'un thé…

— Ah j'avoue que moi aussi… ». Le regard bleu ciel s'était levé vers elle qui s'apprêtait à fuir en cuisine. Elle hocha la tête : « D'accord, quel parfum ?

— Comme vous voudrez. ». Elle opina à nouveau et quitta la terrasse. Elle mettait la bouilloire électrique en route quand Marion la rejoignit et lui dit aussitôt à mi-voix : « Alors ça… Hein ? T'as vu ?

— Quoi ?

— Mais le Gérald !!! La classe du mec !!

— La classe ?

— Attends, arrête, je te connais !

— Oui, bon, c'est vrai qu'il est pas mal…

— Pas mal ?! ». En se retenant de rire, Lena concéda : « Oui ok, il est… tout à fait…charmant.

— Charmant ? Tu te fous de moi ou quoi ? C'est exactement ton genre de mec ! Et tu sais quoi ? J'ai pas vu d'alliance à son doigt !

— Mais tu vas te calmer oui ! ». Les deux amies partagèrent un petit rire en préparant les tasses et le thé. En retournant sur la terrasse, Lena était parfaitement détendue jusqu'au moment où elle posa la tasse destinée à Gérald devant lui. Le regard qu'il lui adressa alors en la remerciant la perturba vaguement. Elle remarqua alors sa bouche si bien dessinée. Elle s'assit et posa ses deux mains sur sa tasse, elles étaient soudain glacées. Elle prit une seconde de réflexion en soufflant sur son thé brûlant, fixant son regard et son attention sur le sachet d'Earl Grey qui y flottait. Marion avait la fâcheuse habitude de vouloir la caser avec tous les célibataires quadragénaires qu'elle connaissait. La plupart du temps, cela amusait beaucoup Lena qui n'avait de cesse de refouler les prétendants que son amie lui présentait. Trop petit, trop maigre, trop dégarni, trop prétentieux, trop ceci, trop cela. Autant de fausses excuses pour justifier une crainte. Celle de bouleverser le fragile équilibre qu'elle s'était enfin construit. Mais à présent, face à cet homme-là, il lui serait difficile de trouver un défaut physique. Pendant que les deux hommes parlaient mécanique, Lena ne pouvait s'empêcher d'apprécier le ton posé et les variations de basse dans la voix de Gerald. Elle risqua un regard vers lui, un regard qu'elle voulait détaché. Ses yeux suivirent la ligne régulière de sa barbe parfaitement taillée, barbe qui mettait en valeur sa mâchoire aux angles virils. Elle but une gorgée de thé, se brûla le bout de la langue mais resta impassible. Les enfants se mirent à se chamailler dans le salon, appelant leur mère à témoin. Marion les rejoignit, laissant Lena face aux deux hommes. Gerald demanda à Raphaël : « Vous avez combien de petits ?

— Trois ! Le dernier a six mois !

— Félicitations, vous êtes comblés.

— Fatigués surtout ! ». Ils pouffèrent de rire et Raphaël se tourna vers Lena pour dire : « Encore que nous, ça va, mais toi avec tes jumeaux ! Je ne sais pas comment tu as pu t'en sortir vivante ! ». Elle sourit, Gerald lui demanda aussitôt : « Des jumeaux ? Des garçons ?

— Oui ! Une paire de torpilles !

— Ça doit être génial… Ils ont quel âge ?

— Oh ils sont grands maintenant, ils ont plus de vingt ans et mènent leurs petites vies, heureusement !

— Plus de vingt ans ? Mais… Vous les avez eus très jeune non ? ». Son air incrédule troubla Lena qui eut un moment de flottement. Il s'empressa d'ajouter : « Question indiscrète, désolé. Ça ne me regarde pas…

— Il n'y a pas de mal, et oui, je les ai eus à vingt ans. ». Il parut rassuré qu'elle ne s'offusque pas de sa question et la jaugea brièvement avant de détourner le regard vers sa tasse. Marion interpella son mari du salon, Raphaël la rejoignit aussitôt en s'excusant. Au bout de quelques minutes, Lena et Gerald échangèrent un regard amusé et elle lui dit dans un sourire : « Eh bien… Il va falloir trouver d'autres sujet de conversation que la mécanique parce que ce n'est pas mon fort. ». Il eut un sourire de biais avant de répondre : « Alors… Que dit-on dans ces cas-là ? Beau temps pour la saison ?

— Quel cas ?

— Pardon ?

8

— Vous avez dit "dans ces cas-là" ?

— Et bien… Dans le cadre d'une rencontre.

— Oh… Bien sûr.

— Parce que c'en est une, n'est-ce pas ?

— Il semblerait.

— On devrait peut-être reprendre depuis le début non ?

— C'est-à-dire ? ». Il eut un petit sourire étrange, se redressa sur sa chaise et lui tendit la main : « Bonjour, je m'appelle Gerald. J'ai quarante-six ans et je suis chef mécanicien. J'ai mon propre garage et je suis divorcé, sans enfant. ». Lena réprima un petit rire et lâcha : « Misère, on dirait une annonce sur un site de rencontre ! ». Il pouffa de rire mais elle lui serra la main en ajoutant : « Bonjour Gerald. Je m'appelle Lena. J'ai quarante-trois ans et je suis illustratrice. J'ai trois chats et je suis moi aussi divorcée mais j'ai deux fils. ». Ils partagèrent un bref rire avant qu'il ne dise, un sourcil levé : « Trois chats ?

— Ça vaut bien un garage ! ». Il rit un peu plus franchement, Lena se surprit à adorer instantanément ce rire aussi solaire que bref. Marion et Raphaël ne revenaient pas, leur amie se pencha pour voir ce qu'ils faisaient à l'intérieur et Gerald lui dit : « Avec un peu de chance, ils se sont endormis.

— Ces enfants-là ? Aucune chance !

— Non, je parlais des parents. Peut-être qu'ils se sont endormis en tentant de mettre leurs petits à la sieste.

— C'est peu probable.

— Ça nous laisserait un peu plus de temps pour faire connaissance. ». Lena se figea imperceptiblement. Elle jaugea Gerald du regard un instant et il détourna les yeux, vaguement gêné. Elle demanda tout à trac : « On en est là ? Déjà ?

— Ma foi… Pourquoi pas ? ». Il but une gorgée de thé distraitement. Elle n'aurait su dire quelles étaient les intentions de cet homme mais en cet instant, elles ne lui importaient pas. Sa conversation était agréable, son physique attirant, pourquoi aurait-elle dû se poser davantage de questions ? Il s'éclaircit la voix pour demander : « Illustratrice donc… On peut dire artiste non ?

— On pourrait. Mais je préfère illustratrice. Il y a quelque chose de très vaniteux à s'autoproclamer artiste selon moi.

— Pas faux. ». Il avait soudain une expression très sérieuse, ce fut au tour de Lena de détourner les yeux. Pour tromper son trouble, elle lâcha, sans y réfléchir : « Divorcé vous aussi alors ? Il y a longtemps ?

— Deux ans.

— Ah oui ? Moi aussi, deux ans.

— À croire que c'était une mauvaise année pour les unions un peu… fragiles.

— Oh la mienne était solide de mon point de vue d'ignorante.

— D'ignorante ?

— Oui… De cocue qui s'ignore. ». Elle eut un petit rire un peu amer mais Gerald fronça brièvement les sourcils avant de dire : « Je vois, nous avons donc ça en commun aussi. ». Elle regretta d'avoir voulu plaisanter sur ce sujet et ajouta : « La fin banale d'un couple ordinaire en ce qui me concerne. Quand je l'ai réalisé, j'ai arrêté d'en souffrir. ». Il perdit son regard sur le jardin alors que Raphaël revenait en s'excusant d'avoir été aussi long. Lena eut l'impression d'avoir brisé la magie de la rencontre et s'en voulut aussitôt. Il évita son regard en reprenant ses discussions avec le jeune homme. Gênée, elle rejoignit Marion au salon, son amie s'étonna : « Quoi ? Qu'est-ce que tu fais ? J'ai retenu Raph pour que vous puissiez…

— Laisse tomber, j'ai merdé je crois.

— Hein ?

— C'est pas grave, laisse tomber. ». La jeune mère eut un petit rictus dépité alors que sa fille demandait à Lena : « Dis tatie, tu veux voir les radis que j'ai planté dans le potager ?

— Et comment que je veux ! ». Et elles quittèrent la maison pour aller au fond du jardin où la famille avait retourné un carré de terre en guise de potager. La fillette n'était pas peu fière d'expliquer ses travaux de jardinage à celle qu'elle considérait comme sa tante. Cette dernière l'écoutait d'une oreille distraite, la félicitant cependant par moment. Elles firent toutes deux une halte sous un arbre où Raphael avait installé une balançoire. Anaïs insista pour qu'elles en fassent à deux et bientôt, elle s'accrochait à Lena pendant qu'elles se balançaient prudemment. La petite fille n'avait de cesse de réclamer à aller plus haut mais sa "tante" n'avait pas confiance en cette balançoire. Soudain la voix de Raphaël fusa non loin : « Lena ! Tu restes manger avec nous ce soir hein ?! ». Elle hésita et arrêta le balancement mais il ajouta, juste avant de tourner les talons : « C'était pas une question de toute façon ! ». Elle ne put réprimer un sourire.

Une longue demi-heure plus tard, Lena et Anaïs retournèrent vers la maison pour trouver Raphaël s'affairant à allumer son barbecue. Nulle trace de

Gerald, il était sans doute reparti pensa-t-elle. Mais en entrant dans le salon, elle le vit, bavardant avec Marion, un livre à la main. À son entrée, ils se retournèrent et il lui dit : « Bravo, Marion vient de me montrer un peu de votre travail, c'est magnifique.

— Merci. Mais ce que j'ai fait pour ce bouquin-là… Ce n'est pas ce dont je suis le plus fière…

— J'aimerais bien voir le reste alors parce que déjà ça, c'est vraiment très beau. ». Elle ne sut quoi répondre, comme à chaque fois qu'on la complimentait sur son travail. Un peu en retrait, Marion la gratifia d'un clin d'œil appuyé. La jeune femme ne lâchait pas prise facilement. Elle s'esquiva aussitôt en cuisine, Lena la fustigea intérieurement avant de dire à Gerald : « Et moi je serais curieuse de voir quel genre de voiture vous rénovez dans votre garage.

— Je ne crois pas non…

— Pardon ?

— Vous m'avez dit que la mécanique ne vous intéressait pas tout à l'heure.

— Non, j'ai dit que je n'y connaissais rien, nuance. Mais le résultat d'une rénovation est toujours intéressant à voir.

— Vous retombez toujours sur vos pattes comme ça ? ». Il avait l'œil brillant et un petit sourire auquel elle ne pouvait résister. Elle pouffa de rire : « Non, mais je suis sérieuse, ça m'intéresse !

— Admettons… C'est gentil en tout cas de faire semblant de s'y intéresser.

— Mais je ne fais pas semblant, j'ai passé l'âge de simuler ! ». Il eut un bref haussement de sourcil et parut retenir une réflexion. Elle réalisa le double sens de sa phrase et bredouilla dans un sourire : « Enfin je… Je veux dire…

— Non mais ça va, ça va, j'ai compris… ». Elle roula des yeux dans un soupir, il la surprit en lui proposant : « Si on laissait tomber le vouvoiement ? J'ai l'impression d'avoir cent ans à chaque fois qu'on se parle…

— Idem. ». Moment de gêne quand ils se regardèrent sans savoir quoi se dire pour étrenner un simple tutoiement. Lena sentit un rire nerveux monter et constata qu'il en allait de même pour Gerald. Il se tritura la barbe en se contenant : « D'accord… Je crois que j'ai perdu l'habitude de… Je ne me rappelais plus comme on pouvait avoir l'air stupide quand on…

— Moi aussi, ne t'en fait pas. Je crois qu'on gagnerait à être un peu plus directs non ?

— C'est-à-dire ?

— Je ne sais pas trop mais… Est-ce que tu… restes manger toi aussi ?

— Oui.

— Dans ce cas, viens. ». Lena prit son bras pour l'entraîner en cuisine où Marion fut surprise de les voir arriver. Elle préparait un biberon pour Gael et se réjouit que son amie lui propose de préparer le repas à sa place. Gerald proposa aussi son aide spontanément, ils se mirent au travail ensemble le plus naturellement du monde. Marion rejoignit son mari auprès du barbecue, il lui demanda : « Où est Gerald ?

— Il est en mains.

— Quoi ?

— Il fait à manger avec Lena.

— Hein ?

— Oui, ne t'inquiète, tout est parfait. Qu'est-ce qu'il en est pour le boulot ?

en est pour le boulot ?

— Ça sent bon. Il va me prendre un mois à l'essai. Après, c'est à moi de faire mes preuves. ». Elle poussa un petit couinement de joie et l'embrassa presque brusquement. Quand leurs bouches se quittèrent, il voulut aller chercher celui qui serait sous peu son patron mais elle l'en empêcha : « Non, attends, laisse les tous les deux.

— Il faut que tu arrêtes de vouloir la caser avec tout le monde !

— Non mais là c'est différent, tu n'as rien remarqué ?

— Comme quoi ?

— Il s'est passé un truc.

— Quel truc ? J'ai rien vu moi.

— Dans son regard à lui quand il l'a vue. Et dans le sien à elle, juste après, y a un truc je te dis !

— Tu regardes trop de films romantiques… ». Elle haussa les épaules et lui donna une tape sur les fesses avant de retourner vers la maison…

Le repas se fit dans une ambiance beaucoup plus détendue. Personne n'aurait pu deviner que le matin même, Gerald ne connaissait aucune des personnes autour de la table. La nuit était tombée et les enfants dormaient depuis longtemps déjà quand la fatigue commença à se faire sentir chez chacun des convives. Lena fut la première à dire : « Je vais vous quitter à regret mes enfants… Mamie ne tient plus le choc ! ». Et peu après, Raphaël et Marion raccompagnaient leurs invités dans la rue déserte tout en bavardant. Quand Lena déverrouilla la portière de son Austin, Gerald pouffa : « Ah oui, quand tu disais, une vieille voiture, effectivement… Elle a connu des jours meilleurs !

14

— Tout comme moi ! Mais je l'aime telle qu'elle est ! Ne t'en déplaise…

— Tu te souviens que j'ai un garage…

— Et ?

— Si tu veux je pourrais…

— Holà, je t'arrête tout de suite. Tant que ma guimbarde roule, personne n'y touche. ». Il sourit alors que Lena embrassait ses amis en leur souhaitant bonne nuit. Quand elle se tourna vers lui, ils eurent tous deux un moment fugace d'hésitation avant d'échanger les bises d'usage. Et peu après, quand Lena prit la route la ramenant vers la ville, elle eut la sensation de pouvoir encore sentir le parfum discret de Gerald. Des fragrances boisées qui semblaient hanter ses narines. Elle alluma l'autoradio, une chanson romantique déroula ses flots lancinants dans l'habitacle. Elle ne put s'empêcher de sourire et de se trouver ridicule. Un bel homme s'intéresse à toi et te voilà toute retournée, pensa-t-elle. Mais à part goûter ce moment de légèreté passagère, elle n'était pas capable d'imaginer ce qu'il pourrait advenir entre elle et cet homme. Sans doute parce qu'elle avait pris l'habitude de ne plus extrapoler en matière de sentiments. En ces instants qui la ramenaient chez elle, elle ne faisait que revoir certaines images agréables comme on regarde de vieilles photos avec le sourire. Le regard troublant de cet homme. La force paisible qu'il dégageait. Son petit sourire, sa répartie parfois inattendue. Oui, Gerald était parfait. Peut-être trop pour qu'on s'y attarde. Trop parfait pour une femme comme elle qui, quand elle tombait amoureuse n'était régie que par le chaos de la passion… Mais cette nuit-là, en se mettant au lit, le contact frais des draps n'apporta aucun sentiment d'aise à Lena. Ses trois chats vinrent s'étendre souplement sur elle, leurs faciès enamourés lui tirèrent un sourire irrépressible. En caressant la tête d'Indi, le vieux mâle noir, elle lui dit : « Il ne te manque que quatre-vingt-dix kilos de muscle et tu serais parfait toi aussi mon didi… Et peut-être une barbe… ». Le chat miaula faiblement, elle déposa un petit baiser entre ses oreilles en ajoutant : « Et une voix un peu plus virile ne serait pas mal venue non plus ceci dit… ».

Le jour suivant, un dimanche, Lena pensa souvent à cet homme trop parfait pour elle. Car telle était l'expression qu'elle accolait désormais au prénom Gerald. Trop parfait pour toi. Elle passa toute la journée en tenue légère, grande chemise, petite culotte et énorme flemme. Mais dès que le jour commença à décliner, elle se mit à sa table à dessin et laissa son inspiration courir à la pointe de son crayon. Et très vite ses feuilles se remplirent de profils masculins, de regards à la fois ténébreux et clairs. Plus l'heure tournait, plus les esquisses s'intéressaient aux courbes et aux saillies musculeuses de larges dos taillés en V… À des bassins et des cuisses puissantes, des bras noueux et des mains calleuses. Vers une heure du matin, Lena leva les yeux avec un vague vertige. Elle se sentait fébrile tout à coup. En regardant l'ensemble de ses croquis elle ouvrit de grands yeux presque surpris. Puis elle rassembla les feuillets et les fourra dans un tiroir en grommelant : « Donc, des fées et des gnomes. ». Elle avait une commande à honorer et venait de perdre de nombreuses heures à imaginer ce qu'elle n'avait pas vu du "trop parfait pour elle". Cela ne se reproduirait plus. Elle pointa son crayon vers Gala, la chatte écaille de tortue qui dormait sur un coin de la table en disant : « Ça suffit maintenant, il faut travailler ! ». L'animal tourna vaguement les oreilles en direction de sa maîtresse et reprit aussitôt son repos où il avait été interrompu…

Trois jours s'écoulèrent avant que Lena ne reçoive un appel de Marion. Cette dernière était ravie de lui raconter comme s'étaient bien passés les premiers jours de Raphaël au garage de Gerald. Lena s'en réjouit : « Génial ! Il va assurer et il l'aura son CDI, j'en suis convaincue !

— Je l'espère oui ! Et avec Gerald comme patron, il ne pourrait pas mieux tomber !

— Oui, sûrement…

— Tu as des nouvelles au fait ?

— De ?

— Gerald bien sûr !

— Et pourquoi en aurais-je ?

— Arrête, vous avez eu un super bon contact, il ne t'a pas appelée pour t'inviter au resto ou autre chose ?

— Pour ça, il aurait fallu que je lui donne mon numéro déjà.

— Parce que tu ne l'as pas fait ?!

— J'ai horreur du téléphone tu le sais bien. Il n'y a qu'à toi et une ou deux autres personnes que je…

— Mais Lena ! Je vais finir par croire que tu le fais exprès !

— Quoi ?

— Que tu fais exprès de refouler tous les mecs qui se présentent ! Tu comptes sérieusement finir ta vie en slip à dessiner avec tes chats sur les genoux ?! ». L'image fit rire Lena jusqu'à ce qu'elle réalise le côté pathétique de cette vision. Son amie semblait vraiment inquiète et agacée, elle ajouta : « Écoute, ça suffit maintenant. Que l'autre enfoiré se soit tiré avec une greluche c'est un fait. C'était un con, bon débarras ! Mais toi Lena… Tous les hommes qui te connaissent n'attendent qu'un mot pour te sauter dessus et…

— Pour me sauter tout court en fait.

— Arrête, tu sais très bien qu'ils ne sont pas tous comme ça.

— Comme qui par exemple ? Sylvain qui voulait m'emmener visiter la cabine de son bateau de pêche à minuit ? Ou Richard qui voulait me faire une démonstration d'aïkido en maillot de bain ? J'avoue que lui, il m'a bien fait rire !

— Gerald. ». Lena s'arrêta de respirer pendant une seconde avant de répondre : « Pas encore. Il se peut très bien que sous peu il me propose de me faire la vidange gratuite, enfin plutôt la sienne !

— Qu'est-ce que tu en sais ? Tu ne le connais même pas !

— Toi non plus que je sache.

— Justement. Laisse-lui le bénéfice du doute comme je le fais. ». Lena leva les yeux au ciel en soupirant. Son amie ne lâchait rien, elle lui dit : « De toute façon, tu sais le grand barbecue chez ma mère, samedi prochain ?

— Oui ?

— Je l'ai invité. Gerald. Et quand il a hésité à accepter, je lui ai dit que toi, tu y serais. Et tu sais quoi ? ». Lena ne répondit rien, elle avait deviné la suite. Marion articula dans un sourire : « Il n'a plus du tout hésité. Il viendra. ». Quelque chose de l'ordre de l'angoisse s'anima dans l'estomac de la dessinatrice. L'entêtement de son amie l'avait presque agacée mais ce qu'elle venait de lui apprendre lui causait des émotions étranges et contradictoires. Il y eut un blanc au téléphone que Marion brisa en ajoutant, d'un ton plus doux : « Écoute, peu importe ce que ça donnera avec Gerald mais… Il faut te remettre dans la course Lena. Tu es une femme magnifique et le dernier qui en a profité au quotidien ne le méritait pas. Il est temps que tu trouves quelqu'un qui sache à quel point il est… précieux de t'avoir dans sa vie.

— Toi… Tu es une…

— Je sais. Allez, des bisous et à samedi hein ? Et fais-toi toute belle, mets ta jolie robe noire, tu sais la longue !

— Mais tu es…

— Oui, oui c'est ça ! Bisous ! ». Et elle raccrocha sans plus de manière. Lena resta un court instant comme choquée. À la fois touchée par l'affection de son amie et par cette autre rencontre se profilant à l'horizon. Indi la fit sursauter en sautant sur sa table à dessin. Il vint frotter sa tête sous son menton et elle lui dit, le regard dans le vague : « Se remettre dans la course… J'ai jamais aimé courir moi… » …

La semaine s'écoula vite. Trop vite pour Lena qui recevait régulièrement des messages de Marion lui rappelant le barbecue du samedi. Mais la dessinatrice s'était réfugiée dans le travail pour ne pas trop penser. Elle avait bouclé les deux commandes en cours et les deux écrivains à qui elles étaient destinées étaient ravis de ses productions. Ils les avaient validées pour les couvertures de leurs ouvrages. C'était pour elle le plus beau des compliments. Et quand elle se leva le samedi matin, c'est remplie de forces nouvelles et d'optimisme. En enfilant un peignoir, elle annonça à ses chats : « Allez ! On se lance ! Après tout qu'est-ce que je risque ? C'est juste un mec hein ! Un beau mec ok, mais quand même ! ». Elle passa ensuite presque une heure dans la salle de bain à prendre soin d'elle. Comme pour un long rituel magique qui la rendrait irrésistible. Douche, épilation, maquillage léger, parfum… Et au moment de s'habiller, un coup d'œil par la fenêtre lui confirma que oui, comme l'avait dit Marion, la longue robe noire à bretelles serait parfaite. Suffisamment décolletée pour mettre sa poitrine généreuse en valeur et assez échancrée pour qu'on devine la moitié du tatouage qui couvrait une partie de son dos. La robe était en tissu léger tombant au ras du sol mais une fente judicieusement placée devant laissait par moment entrevoir une jambe. À la fois simple et sexy, cette robe faisait toujours mouche pour qui savait où regarder. Lena brossa ensuite soigneusement sa longue chevelure brune et la laissa libre, comme toujours. En inspectant sa tenue devant sa psyché, la dessinatrice fit une pause, presque surprise de se trouver jolie. De retrouver un peu de celle qu'elle avait été quand elle se croyait aimée. Les marques de l'âge étaient là bien sûr, et elles lui rappelèrent qu'elle ne pouvait plus se permettre d'attendre dans l'expectative. Elle se regarda dans les yeux en murmurant : « On est toujours dans la course. ». Puis elle attrapa son sac, embrassa ses chats l'un après l'autre et quitta son appartement d'un pas léger. Elle était à peine montée dans sa petite voiture qu'elle reçut un message de Marion sur son portable : « Peux-tu prendre un pack de jus d'orange en passant ? On en manque ! Bisous. ». Elle devina que par ce biais, son amie souhaitait avoir la confirmation de sa venue. Elle lui écrivit : « Bien sûr. À tout de suite ! ». Et elle se mit en route avec un sourire amusé…

Il faisait un temps idéal, un ciel bleu profond sans le moindre nuage, l'été semblait s'être installé précocement. Après avoir fait un crochet dans une supérette, Lena découvrit un autre message de Marion tandis qu'elle remontait en voiture : « Tu es attendue. ». Apparemment Gerald était arrivé, la dessinatrice s'en trouva un peu contrariée. Elle avait espéré pouvoir gronder un peu son amie en arrivant chez la mère de cette dernière. Elle se promit de remettre ça à plus tard et reprit la route…

La maison des parents de Marion se trouvait un peu à l'écart, à la sortie d'un village typique de l'Hérault. C'était un ancien mas de caractère entouré d'un vaste terrain arboré. Lena connaissait bien les lieux, c'était une amie de la famille et ce, de longue date. Mais quand elle vit le nombre de voitures garées au long de la route, un petit pic de stress lui traversa l'estomac. Elle n'aimait pas trop ce genre de rassemblement, se retrouver parmi trop de gens en une fois lui donnait une sensation vague d'étouffement. Mais en sachant que le jardin autour de la maison était immense, elle s'apaisa. Elle aurait toujours la possibilité de s'isoler pour respirer un peu. Elle gara sa voiture au bord d'un fossé et pris le pack de jus de fruit ainsi que le bouquet de fleurs qu'elle destinait à la mère de son amie. Et elle s'en fut, tout droit vers le portail de bois vernis laissé grand ouvert. Elle perçut des bruits de fêtes, des éclats de voix joyeux à mesure qu'elle approchait, sa poitrine s'oppressa légèrement. Du courage ma fille, pensa-t-elle. Et quand elle fit son entrée dans le jardin, elle reconnut aussitôt de nombreux visages alors que Marion et Anaïs venaient à sa rencontre. Son amie l'embrassa en disant : « Ah la robe noire ! Parfait ! Tu vas voir, tu ne regretteras pas d'être venue ! ». Lena suivit son amie dans la maison sans oser chercher Gerald du regard parmi les invités. Craignant qu'il ne la voit faire et ne devine sa fébrilité. Après avoir salué les parents de son amie, elles ressortirent toutes deux dans le jardin. Marion l'entraîna vers la longue table des rafraichissements. Là, la jeune femme lui dit : « Allez, on trinque ! À ton retour sur le marché !

— Cette expression me fait toujours penser à une foire aux bestiaux.

— Tu ne vas pas recommencer !

— Oh ça va !

— Ouais… Bon, il est où le garçon ? ». Marion, du haut de son mètre cinquante-cinq se mit à scruter les alentours en fronçant les sourcils. Lena grommela : « Mais arrête bon sang, t'es vraiment pas discrète ! Je vais aller dire bonjour à la maman de Raphaël tiens, d'autant que je ne connais pas son nouveau compagnon…

— Compagnon ? Bah tu vois, moi cette expression me fait penser à un animal de compagnie ! ». Elles pouffèrent de rire ensemble et se dirigèrent vers Nathalie, la belle-mère de Marion. À peine cette dernière avait-elle présenté son ami Roger qu'elle disait à Lena : « Dis donc toi, tu as fait forte impression sur notre Gerald !

— Ah oui ? ». Lena déglutit péniblement mais cacha la gêne que lui avait causé cette réflexion. Nathalie ne parut rien remarquer et poursuivit : « Oui ! Il nous a questionné sur toi, j'ai voulu lui donner ton numéro mais il ne l'a pas pris, je n'ai pas trop compris pourquoi d'ailleurs ! Mais enfin ! ». Elle partit ensuite dans un babillage ininterrompu et Marion s'esquiva vite, laissant son amie face à son intarissable belle-mère. Lena eut droit au rapport complet et détaillé des six derniers mois de la vie de Nathalie. Elle n'eut que peu d'occasions de répondre, si ce n'est par hochements de tête, tant le débit de paroles de son interlocutrice frôlait celui d'une mitraillette en action. Le compagnon de cette dernière restait là, l'air béat, pendue à ses lèvres couleur corail. À un moment, l'attention de la dessinatrice se fit flottante et elle se demanda comment à cinquante ans passés, on pouvait encore mettre un rouge à lèvres de cette couleur. Elle se surprit à s'imaginer à cet âge, mais quand elle se vit seule avec ses chats, sa gorge se serra. Elle but une longue gorgée de sangria, le regrettant aussitôt tant le mélange était raté et beaucoup trop alcoolisé. Mais Nathalie repartit dans un récit qui promettait d'être beaucoup trop long : celui de ses dernières vacances. Lena vida son verre d'un trait et dit, en réprimant une grimace : « Attends, je reviens, je n'ai plus rien à boire…Excusez-moi… ». En retournant vers la table des boissons, elle ne put réprimer un profond soupir. Et face à la multitude de bouteilles, elle fit une pause. Elle n'avait pas du tout soif mais il lui fallait faire au moins semblant d'être occupée pour que Nathalie l'oublie un peu. En laissant errer son regard parmi les invités, elle vit Raphaël non loin. Elle lui fit un petit signe et il vint l'embrasser rapidement sur la joue. Il avait une bouteille de bière blanche en main et lui dit en repartant : « Si tu préfères ça, il y en a dans la cabane de jardin là-bas, tu devrais aller t'en chercher une.

— Je n'ai pas vraiment soif. ». Il revint sur ses pas et se pencha vers elle pour lui dire d'un air étrange : « Vas-y je te dis. Maintenant. Sinon tu risques d'être venue ici pour rien. ». Il ponctua sa phrase d'un clin d'œil appuyé que Lena ne comprit pas. Elle se retourna et vit effectivement une cabane de jardin un peu à l'écart. Elle regarda à nouveau son ami qui s'éloignait en lui faisant un signe l'incitant à suivre son conseil. Tout à coup curieuse, elle se mit à marcher en direction du cabanon à travers les convives. Quelqu'un mit de la musique et en monta le son assez vite. De la guitare manouche, joyeuse, même si beaucoup trop rythmée pour un début de journée. Lena pressa le pas et alors qu'elle s'écartait du gros des invités, une voix grave l'interpella. Une voix qu'elle reconnut instantanément. En se retournant, elle vit Gerald qui venait vers elle avec un petit sourire de biais. Quelque chose ronronna au creux de son estomac tant elle le trouva beau avec sa chemise de lin blanc aux manches relevées. Ses longs cheveux attachés en une queue de cheval basse lui parurent plus clairs sous le soleil éclatant. Il ralentit son pas en arrivant devant elle et il y eut un court moment de flottement avant qu'il ne se penche un peu pour lui faire la bise : « Il y a longtemps que tu es arrivée ?

— Non, pas très longtemps.

— Est-ce que tu veux… ». Il eut un geste en direction d'un groupe de chaises de jardin et Lena bredouilla : « Non je… enfin oui, mais avant… j'allais chercher une bière dans le cabanon. Tu en veux une ?

— Pourquoi pas ? ». Il lui sourit et certain des dessins nocturnes de Lena lui revinrent brutalement en mémoire, elle détourna la tête pour repartir en direction de la petite maison de bois. Elle se mordit brièvement la lèvre inférieure. Beaucoup trop parfait pour toi ! se dit-elle alors. Il la suivit dans la cabane où plusieurs packs de bières de toutes sortes étaient entreposés. Elle se pencha pour chercher les bières blanches et entendit Gerald souffler « Oh… ». Elle se redressa aussitôt pour lui faire face, prête à répondre à la moindre remarque graveleuse mais il la surprit en disant : « Tu es tatouée ? Je viens d'apercevoir un petit bout de…

— Oui… Pas toi ?

— Non, trop douillet. ». Il eut un large sourire, elle lui tendit une bouteille en lui rendant ce sourire. Il s'en saisit, en dévissa la capsule et ils trinquèrent en entrechoquant les goulots. Lena but une demi gorgée pour la forme mais Gerald lui, semblait assoiffé. Elle lui dit : « Je n'ai pas vu de jolie voiture ancienne quand je me suis garée, sinon j'aurais su que tu étais là.

— Je suis venu à pied, j'habite de l'autre côté du village.

— Ah oui ?

— Oui, quand Marion m'a donné l'adresse, ça m'a surpris. Mais si tu veux en voir une je… ». Il s'interrompit et détourna brièvement le regard. La dessinatrice demanda : « Quoi ?

— Non rien, j'allais mettre la charrue avant les bœufs comme d'habitude. Est-ce que tu ne veux pas qu'on aille s'assoir là-bas ? Avant qu'il n'y ai plus une seule chaise de libre…

— En fait… ». Par la fenêtre de la cabane, elle laissa son regard errer sur la petite foule des convives et lâcha : « Je préfèrerais rester ici. Mais ça ne se fait pas. Alors… Va pour les chaises !

— Pourquoi "ça ne se fait pas" ? Qui a décrété ça ?

— Personne mais… Enfin si, ça ne se fait pas quand on est invité quelque part de se planquer dans un cabanon.

— Attends, regarde… Est-ce que tu crois vraiment que quelqu'un a remarqué notre absence ? ». En jetant un autre regard au-dehors, elle ne put que répondre : « Non, effectivement.

— Alors, tu sais quoi ? ». Il empila deux casiers à bouteilles en bois et fit un geste pour inviter Lena à s'y assoir. Elle sourit et s'y installa mais l'ensemble n'était pas stable et elle se releva aussitôt. En s'appuyant contre un gros établi en face d'elle, il soupira d'un air exagérément navré : « J'aurais essayé mais je ne suis pas menuisier !

— Je salue l'intention. ». Elle posa sa bière à côté de lui et vint s'assoir sur l'établi en s'aidant de ses mains. Pour détendre l'atmosphère, elle demanda : « Alors ? Qu'as-tu fait de beau depuis la dernière fois ? Un nouveau projet de rénovation ?

— Non, celui sur lequel je travaille actuellement va me prendre plusieurs semaines encore. Un travail de fourmi ! Et toi ?

— J'ai bouclé deux projets. Je n'en suis pas peu fière d'ailleurs !

— Pour des livres ?

— Oui, des couvertures.

— Tu fais ça depuis longtemps ?

— Environs six ans maintenant. Professionnellement je veux dire. J'ai toujours dessiné mais je considérais ça comme une sorte de hobby… Et toi, la mécanique c'est ton métier à la base j'imagine ?

— Oui, une passion que m'a transmise mon grand-père. Mais j'ai toujours préféré les mécaniques anciennes, les antiquités.

— C'est heureux pour moi ça. ». Elle avait parlé sans réfléchir, il pouffa de rire et elle eut envie d'entendre encore son rire solaire. Surpris il demanda : « Pardon ?

— Oui, je suis un ancien modèle moi ! ». Il se remit à rire et Lena but une longue gorgée de bière pour dissimuler le trouble que cela lui causait. Il lui dit en souriant : « Ma foi, tu as l'air en parfait état de fonctionnement mais si tu as besoin d'un quelconque réglage, je suis volontaire ! ». Elle rit brièvement à son tour mais comme il la dévisageait, son rire s'éteignit assez vite. Elle failli s'étrangler quand il dit de sa voix grave : « Tu es vraiment superbe. Une très belle femme. ». Gênée, elle se remit sur ses pieds et dit, en faisant quelques pas au hasard : « Attends… Si on doit en arriver là, je dois te dire quelque chose…

— En arriver où ?

— Aux compliments directs et tous ces trucs… J'ai beaucoup de mal avec tout ça.

— Je suis juste sincère. J'avais envie de te le dire. Depuis le début en fait.

— Non mais arrête s'il te plaît, ça me met mal à l'aise. ». Il ouvrit de grands yeux, haussa les sourcils et dit : « Très bien mais qu'est-ce que… Comment je dois…

— On pourrait peut-être être complètement cash ? Je veux dire… Je ne sais pas toi, mais moi… Je ne sais vraiment plus gérer ce genre de situation. Je me sens stupide, pour ne pas dire pire. Je suis restée seule trop longtemps je crois.

— Je vois. Et je comprends. Moi aussi je suis resté seul trop longtemps. ». Il fixa son regard dans le vide pendant un instant alors que Lena portait une main à son front en soupirant. Avant qu'un silence gênant ne s'installe, il demanda : « Est-ce que tu veux que je te laisse ? Que je sorte ?

— Non. Bien sûr que non. Je suis venue aujourd'hui uniquement parce que je savais que tu serais là. ». Elle se mordit encore la lèvre inférieure, elle en avait trop dit. Un éclat brillant s'alluma dans le regard de Gerald. Il eut un vague sourire aux lèvres en disant : « Moi aussi. Et tu sais quoi ? Tu as raison. Soyons cash. Totalement cash. ». Elle eut un air hésitant et il poursuivit : « Voilà, je commence. Quand je t'ai vue chez Marion et Raphaël, tu m'as plu tout de suite. Je te trouve magnifique. Et ça ne m'arrive pas souvent. Même jamais. Alors si quelque chose est possible entre nous, je veux tenter ma chance. ». Lena ouvrit la bouche sans qu'aucun son n'en sorte. Il détourna le regard et but un peu de bière avant de risquer : « à toi… ? ». Comme si elle se réveillait en sursaut, la dessinatrice se reprit, s'éclaircit la voix et dit, comme si elle récitait une poésie : « À moi aussi tu me plais. Beaucoup. Et à moi non plus, ça ne m'arrive pas souvent. Je ne suis pas fermée à l'idée de… quelque chose de possible comme tu dis. Mais en tant que femme… La dernière fois que j'ai tenté ce genre de pari… Je devrais dire LES dernières fois ! Eh bien ces messieurs n'en voulaient qu'à mon c…Enfin bref, tu m'as comprise je pense. Je ne veux pas de ça.

— Je vois. Maintenant, je pourrais te jurer sur n'importe quoi que je ne suis pas ce genre de gars, qu'il n'y aurait rien pour appuyer mes dires. Alors je vais me contenter de te le dire simplement : je ne suis pas ce genre de gars. ». Il adressa un regard direct à la dessinatrice. Elle eut l'impression qu'il lui transperçait l'âme de ses prunelles claires. Il se leva et croisa les bras en ajoutant, d'un air on ne peut plus sérieux : « J'ai été marié deux fois. Je suis le genre de type qui tombe amoureux. La vieille école. Le genre "bonnet de nuit" comme disait ma dernière femme. J'ai toujours rêvé d'une vie à la Charles Ingalls, tu vois. Enfin, un Charles Ingalls qui aurait bricolé des chariots pendant ses week-ends. ». Lena réprima difficilement un sourire et il dit : « Maintenant je ne vais pas te dire que je ne m'intéresse qu'à toi et pas à ton… physique, disons. La beauté intérieure et tout le saint Frusquin, d'accord mais pour ça, il faut se connaître alors…

— Je crois que… J'ai dû voir tous les épisodes de la petite maison dans la prairie au moins cinq fois. ». Ils partirent d'un même rire au sortir duquel Gerald demanda : « On fait quoi alors ? ». Elle le jaugea pendant une seconde avec un sourire de biais puis souffla : « On parle. ». Il opina du chef d'un air satisfait et lui tendit sa bouteille de bière afin qu'ils trinquent à ce nouvel accord. Puis leur discussion repris, de manière totalement détendue, posant chacun leur tour une question à laquelle ils répondaient sans détour. Il y eut ce moment où Lena demanda : « On parle des trahisons ? Ou bien c'est encore trop délicat pour toi ?

— Tu parles de celles de nos ex respectifs ?

— Oui…

— Non, on peut en parler je crois. Si ça devient trop compliqué, on a le droit à un temps mort non ?

— Bien sûr.

— Commence s'il te plaît, quand est-ce que tu as su qu'il te trompait ?

— La veille de son départ. J'étais emmitouflée dans un quotidien aussi cotonneux qu'opaque en fait. Je lui ai toujours fait confiance. Dès l'instant que j'ai su que j'étais amoureuse, je lui ai donné toute ma confiance.

— Vous étiez ensemble depuis combien de temps ?

— Presque treize ans.

— Oh…

— Oui ça fait long.

— Ça a dû être un cauchemar pour toi quand…

— Ça oui ! J'ai mis un an à m'en remettre. Dépression etc… Et puis le temps guérit. Et toi ?

— Sept ans de mariage. Tu sais, les fameuses sept années… Mais au bout de quatre ans déjà, ça avait commencé à se déliter… ». Il marqua une pause pour aller s'assoir sur le sol, Lena en fit autant, s'installant en tailleur en face de lui. Il prit une autre bière et lui en tendit une. Il en but un peu d'un air absent avant de reprendre : « Je ne sais pas comment ça s'est passé pour toi mais… Quand elle a commencé à s'agacer pour tout et rien me concernant… Mais surtout quand elle a commencé à me repousser systématiquement. Qu'elle refusait le plus innocent des contacts physiques… Je crois que j'ai fait comme toi, je me suis emmitouflé dans mes illusions. Et j'ai installé le sac de frappe…

— Pardon ? ». Il eut un petit sourire un peu honteux avant d'expliquer : « Oui euh… Pour compenser le manque… d'intimité. Je me suis mis au sport. Et à chaque fois qu'elle me refoulait, j'allais me défouler en frappant dans mon sac de sable. ». Lena haussa les sourcils, regarda ouvertement ses bras et ses épaules avant de lâcher : « En tout cas… ça t'a bien profité ! ». Il rit brièvement et dit : « Sur la fin, il y a eu de longues périodes où il ne se passait quasiment plus rien. Plus rien du tout les six derniers mois d'ailleurs.

— Et tu n'as pas eu envie d'aller voir ailleurs ?

— Tu sais, pour moi, la valeur de la parole donnée est au-dessus de tout. Je n'ai jamais trompé personne de toute ma vie… C'est un concept un peu vintage je sais. ». Elle lui sourit tendrement, il en fut un peu troublé. Il s'éclaircit la voix pour dire : « Non mais sérieusement, je n'aurais pas pu. Et puis j'étais tellement persuadé que ce n'était qu'une mauvaise passe.

— Tu devais beaucoup l'aimer.

— Je crois oui. Mais ce n'était pas aussi simple de son côté apparemment.

— Au moins, elle ne t'a pas menti comme mon ex l'a fait au quotidien. Elle refusait tes avances clairement. Moi il me disait qu'il avait trop de soucis pour ça. Qu'il était trop fatigué, trop migraineux, j'ai eu droit à toutes les excuses je crois. Il m'a même dit qu'il avait un souci érectile et qu'il voyait un spécialiste. Le spécialiste en question s'appelait Nadège en fait. Elle a 26 ans et est serveuse dans un bar pas très loin de son bureau. ». Elle eut un petit rire amer avant de boire une gorgée de bière. Il la regarda longuement sans sourire puis il souffla bruyamment en levant les yeux au ciel. Elle demanda : « Quoi ? Ce n'est pas une histoire si étonnante que ça tu sais…

— Non ce n'est pas ça… Mais si je te donne le fond de ma pensée, tu vas être mal à l'aise.

— Dis toujours, je verrais bien. ». Il détourna le regard comme s'il choisissait ses mots puis secoua vaguement la tête en disant : « C'est juste que je n'arrive pas à comprendre qu'il n'ait plus eu envie de toi.

— Imagine une petite nana de 26 ans à la fesse ferme, aux grands yeux verts et au sourire avenant. Suffisamment sotte pour ne pas être trop compliquée et facilement admirative d'un mec en costard. Imagine-toi qu'elle t'attend dans ton lit comme un héros qui a gagné plein d'argent "à la sueur de son front"… Maintenant imagine… Moi, hirsute sur ma table à dessin à griffonner comme si j'étais en transe, pour gagner des clopinettes parce je ne veux plus dépendre de ton pognon.

— Tu lui as trouvé des excuses on dirait…

— Sûrement. Je ne suis pas d'un naturel rancunier. ».
Elle venait de finir sa bière et la tête commençait à lui
tourner. Il lui dit : « J'ai beau imaginer… Je ne peux pas
le comprendre. Une paire de fesses fermes et des yeux
verts, ça ne fait pas le poids face à ce que toi tu
dégages…

— Si tu recommences à me balancer des compliments
comme ça, je vais en faire autant. Tiens, si je te disais
qu'après notre première rencontre, j'ai été hantée par ta
voix plusieurs jours d'affilée ? ». Il se figea et la
dévisagea pendant une seconde. Il n'arrivait pas à savoir
si elle plaisantait ou non. Le voir aussi perplexe amusa
Lena qui se pencha un peu pour ajouter, avec un regard
direct : « Je t'ai même dessiné… ». Il ne put soutenir son
regard et se redressa pour mieux s'appuyer contre le mur
derrière lui. La dessinatrice pouffa : « Ah ! Ah ! Voilà !
Tu es mal à l'aise toi aussi !

— Contrairement à toi, il est beaucoup rare qu'on me
fasse des compliments figures-toi !

— Arrête, tu es taillé comme un viking avec des yeux
de biche et en plus tu es dans cette tranche d'âge que les
jeunettes adorent ! Le type qui a réussi sa vie, le type qui
est arrivé quoi ! Ça doit se bousculer au portillon !

— Détrompe-toi. Je ne sors quasiment jamais, j'ai
horreur des mondanités en général. Actuellement et
depuis plusieurs années maintenant, mon seul plaisir
c'est… les bagnoles ! ». Il avait eu un petit rictus
d'amertume qui attrista Lena. Elle se pencha encore pour
capter son regard et lui dire dans un petit sourire : «
Hé… Encore un point commun. Je ne sors pas beaucoup
non plus et je déteste…Ça. ». Elle eut un geste vague
vers l'extérieur. Il releva la tête : « En tout cas,
concernant les femmes intéressées par ma situation, non

merci. J'ai donné avec mon ex. Avant de me quitter elle a attendu que je finance son salon de coiffure, pas folle la guêpe.

— Comme quoi, l'argent n'arrange rien.

— Amen !

— Oh tiens, question : es-tu croyant ?

— Euh… Non. Pas du tout. C'est un problème ?

— Si tu l'avais été, ça aurait pu.

— Un autre point commun ?

— On dirait bien. ». Ils trinquèrent à nouveau, la bouteille de Lena était vide, Gerald lui en proposa une autre mais elle refusa. Son esprit était déjà embrumé et elle voulait se souvenir de chaque instant passé avec lui. Désormais parfaitement à l'aise, elle voulait savourer pleinement ces moments d'échange sans détours. Dans le grand jardin, la fête battait son plein au rythme de musiques totalement hétéroclites. Lena reconnu un morceau des clashs : « Oh ! Rock the casbah ! J'adore ! ». S'en suivit alors une discussion concernant leurs goûts musicaux qui se rejoignaient souvent. Puis vinrent les anecdotes sur leurs premières fêtes, leurs premiers flirts, ponctuées d'éclats de rire. Comme ils étaient de la même génération, ils se retrouvèrent bien sûr sur de nombreux points, tout allait de soi. Lena réalisait qu'il n'était pas si difficile de se "remettre dans la course" quand c'était avec quelqu'un comme Gerald… À un moment, il dut s'éclipser pour aller soulager un besoin naturel, Lena en profita pour aller jeter leurs bouteilles vides dans une poubelle extérieure. À son retour, alors qu'elle se dirigeait spontanément vers le cabanon, Marion l'attrapa au passage : « Mais tu étais où ?! J'ai cru que tu étais partie et quand j'ai vu que Gerald manquait aussi j'ai espéré que vous soyez partis ensemble !

— Nous n'avons pas bougé d'ici.

— Quoi ?

— On papote gentiment dans la maison de jardin. On fait connaissance… ». Le visage de la jeune femme s'illumina, autant de satisfaction que de joie. Elle dit d'une petite voix excitée : « Alors ? Alors ? Ça sent bon ou pas ? Raconte bordel !! ». Lena eut envie de taquiner un peu son amie en la faisant mariner mais elle vit Gerald qui ressortait de la maison et se dirigeait vers la cabane. Elle dit : « Oui. Ça sent bon. Oui, tu avais raison. Maintenant il ne s'est rien passé de… biblique alors tu te calme.

— Tu ne vas rien me dire de plus croustillant ? Sérieusement ?

— Il n'y a rien à dire pour l'instant. ». Elle tapota doucement sa joue de son amie et tourna les talons pour rejoindre l'abris de jardin où l'attendait Gerald. Il parut rassuré de la voir entrer, elle lui dit : « Quoi ? Tu croyais que je ne reviendrais pas ?

— J'avoue que je me suis posé la question.

— Habitue-toi au fait que quand je m'en vais, je dis toujours au revoir.

— Je note ça. Où en étions-nous ? Les exs, la musique, les films, la religion, les premiers flirts, on a fait je crois.

— Ok, il reste quoi ? La politique ?

— J'imagine que tu es de gauche ?

— Pourquoi ?

— Tu es une artiste.

— Très bien alors toi tu es de droite puisque tu es patron, c'est ça le principe ?

— À peu près. Sauf que je ne vote plus depuis longtemps.

34

— Moi non plus.

— Un de plus ?

— Tout à fait. ». Ils faisaient allusion à leurs points communs et soudain, quelque chose frappa Gerald : « Mais attends une minute… Si on se retrouve avec trop de points communs, est-ce que ça ne va pas devenir invivable ?

— Entre le moment où on se découvre des points communs et celui on vit ensemble, on a le temps de voir venir non ? ». Il rit brièvement mais son rire s'éteignit quand Lena ramena ses longs cheveux bruns dans son dos en basculant un peu la tête en arrière. Il détourna le regard, troublé. Elle dit alors : « Bon, il me semble qu'on sait où on va à peu près non ? ». Il haussa les sourcils en répondant dans un soupir : « Sait-on jamais où on va ?

— Là, tout de suite, je crois que oui. ». Elle lui adressa un regard de biais et pour ne pas montrer que cette œillade le perturbait, il dit d'un ton plein d'assurance : « Certes. Donc si je fais le bilan, on se plaît physiquement, on a des parcours similaires. Très similaires par certains côtés. On s'entends plutôt bien. C'est quoi l'étape suivante ?

— Je crois que je sais mais je vais avoir besoin d'une autre bière pour pouvoir en parler. ». Elle en sortie deux d'un casier, ils trinquèrent. Dès qu'elle en eut bu une gorgée, il lui fit face et croisa les bras : « Très bien. Je t'écoute. ». Elle ne lui en montra rien mais elle eut l'impression de prendre son élan avant de pouvoir dire : « Le contact physique. Le voilà le prochain cap à franchir… Et par pitié, ne me saute pas dessus au premier slow qui démarre. On est plus dans les années quatre-vingt ! ». Il s'esclaffa et dit : « Je note ça aussi.

Mais… Pourquoi est-ce que ce serait moi qui devrais forcément te sauter dessus ?

— Parce qu'il n'y a pas de sac de frappe ici. ». Il ferma fortement les yeux avec un sourire irrépressible. Elle se mit à rire, il bredouilla : « Toi tu…ce n'est pas très fair play !

— Ah mais je ne joue pas moi. On a dit cash.

— C'est vrai… Et de toute façon, tu as raison.

— À quel sujet ?

— Le sac de frappe. ». Le regard qu'il lui adressa en cet instant luisait d'un éclat nouveau. Elle eut un léger frisson en identifiant le désir dans ses prunelles claires. Elle ne baissa pas les yeux pour autant, se contentant de sourire légèrement. Sa voix était particulièrement grave quand il demanda : « Donc si je n'ai pas le signal du slow pour me donner le top, comment saurais-je que c'est le bon moment ? Parce que je te préviens que je prendrais très mal d'être repoussé. Encore.

— Je suis certaine que tu n'as pas oublié ce genre de signaux corporels…

— En fait… je crois que si.

— Allons, la profondeur des regards, les lèvres qui s'entrouvrent…

— Eh bien ça va être compliqué pour moi parce que tu as déjà le regard le plus profond que j'ai jamais vu ! ». En détournant volontairement les yeux, elle lâcha : « Croies-moi que tu sauras faire la différence le moment venu. C'est un truc primal ça… ». Elle se pencha pour réajuster sa sandale et il eut une ébauche d'élan vers elle en entrevoyant encore une fois le tatouage dans son dos. Il se raidit et s'appuya des deux mains sur l'établi en essayant de porter son attention ailleurs. Quand elle se redressa, elle sentit qu'il était vaguement tendu et se pencha pour le regarder en face : « Ça ne va pas ? ». Il évita son regard en répondant : « J'aime beaucoup ton parfum. ». Elle haussa les sourcils en devinant qu'il avait parlé sans réfléchir : « Merci, toi aussi tu sens très bon… C'est boisé non ?

— Oui… Sûrement.

— Gerald ?

— Oui ?

— Tu veux qu'on sorte un peu ? ». Il eut un geste avorté pour signifier son accord, ils quittèrent le cabanon et firent quelques pas sur la pelouse parfaitement tondue. Lena s'arrêta subitement pour enlever ses sandales et comme elle tangua un peu, Gerald l'attrapa souplement aux épaules. Quand elle se redressa, il laissa glisser ses mains au long de ses bras nus avant de la lâcher. La chevelure de la dessinatrice avait envahi son visage, elle eut un sourire espiègle derrière le rideau de ses cheveux vers son ami, mais il ne lui rendit pas ce sourire. Il la regardait presque douloureusement et souffla, alors qu'elle ramenait sa crinière en arrière : « On devrait… On devrait manger un morceau, tu ne crois pas ? Il est presque quatorze heures déjà…

— Tu as faim ? ». Il hésita puis répondit : « Tu n'as pas idée. ». À l'éclat dans son regard, elle comprit parfaitement le double sens de sa réponse. Elle prit un air détaché et glissa son bras sous le sien pour l'entraîner vers le buffet. En chemin, ils croisèrent Marion qui ne cacha pas sa satisfaction de les voir aussi proches. Elle ne dit rien cependant, se contentant d'un clin d'œil aussi discret qu'appuyé…

Peu après, ils s'installèrent sous un arbre pour grignoter un peu de ce qu'ils avaient récolté au buffet. Par instant, on eut pu croire qu'il formait un couple de longue date tant ils semblaient à l'aise l'un avec l'autre. Dès qu'elle eut mangé un peu, Lena sentit les effets de l'alcool se dissiper. Elle se releva pour aller leur chercher deux verres de jus de fruit et quand elle revint vers Gerald, elle eut la surprise de le voir debout, discutant avec Nathalie et son compagnon. En allant vers eux, elle craignit qu'ils ne restent trop longtemps. Elle s'efforça de leur sourire cependant en donnant son verre à Gerald. Nathalie ne manqua pas d'adresser à Lena un regard entendu alors que Roger questionnait Gerald sur un problème mécanique. Ce dernier répondait évasivement en tentant de mettre fin à la conversation tant bien que mal. Mais il était évident qu'il n'y parviendrait pas. Roger n'avait pas si souvent l'occasion de parler plus que Nathalie et il avait l'air de vouloir prendre sa revanche. Raphaël approcha soudainement et interpella Lena, lui faisant signe de le rejoindre. Après un regard vers Gerald, elle rejoignit son ami qui lui dit : « Il faut que je te présente quelqu'un…

— Plus tard ok ? Là je…

— Ça ne prendra qu'une minute, et Gerald est coincé par ma mère et Roger, il sera toujours là quand tu reviendras !

— Vite fait alors ! ». Elle eut un autre regard vers Gerald qui la regardait de loin. D'un geste elle lui fit comprendre qu'elle revenait dans un instant, il opina du chef et elle suivit Raphaël. Il lui présenta un jeune homme d'une trentaine d'années : « Voilà, je te présente Paul, mon cousin. Il organise des festivals et il cherche quelqu'un pour dessiner des affiches. C'est ça Paul ? J'ai bien résumé ?

— Parfaitement. Lena c'est ça ? ». Raphaël s'éclipsa. Un peu agacée par sa fuite, Lena opina néanmoins et dit aussitôt : « Oui, mais je dois te dire que je n'ai jamais fait ce genre de chose encore…

— Oui mais Raph m'a montré les couvertures que tu as dessinées et franchement, c'est exactement ce qu'il me faut. Fin Août, j'organise un festival médiéval assez important à Lodève et je sais exactement ce que je veux sur l'affiche. Mais je n'ai trouvé personne pour la réaliser pour l'instant. C'est bien payé !

— La question n'est pas là. Et puis… Je t'avouerai que ce n'est pas le meilleur moment pour parler boulot. Je vais te donner mon mail et tu pourras m'expliquer exactement ce que tu veux pour…

— Pourquoi pas ton numéro plutôt ? ». Il avait un sourire qui lui rappela celui de son ex-mari, un sourire de commercial. Lena se raidit et observa mieux le jeune homme. Pantalon de costume et chemise blanche aux plis parfaitement repassés. Montre ostentatoire, gel dans les cheveux. Elle demanda, presque sans y réfléchir : « Tu organises un festival médiéval ? Vraiment ?

— Oui ! C'est très en vogue depuis quelques temps. D'habitude je donne plutôt dans l'évènementiel estival mais… Tu me donnes ton numéro alors ? Comme ça on se rappelle et on se voit pour mettre tout à plat et…

— Attends. ». Quand il avait sorti son portable dernier cri elle avait levé une main devant son visage pour l'arrêter. Il sembla surpris. Du son petit sac à main qu'elle portait en bandoulière, elle sortit une carte et la lui donna en disant : « Pas de téléphone. Jamais. Là-dessus il y a mon adresse mail. Tu me fais un topo et si tu veux vraiment qu'on travaille ensemble, on en discutera plus tard. ». Et elle tourna les talons sans un mot de plus pour retourner auprès de Gerald. Mais devant l'arbre où elle l'avait laissé, plus personne. Contrariée, elle laissa son regard sombre errer sur la foule des invités sans le trouver. Elle but nerveusement un peu de jus de fruit, regrettant que ce ne soit pas un alcool fort. Scrutant toujours autour d'elle, elle retourna vers la maison et rejoignit machinalement Marion, assise auprès de deux de ses cousines. Et avant même qu'elle ne lui dise le moindre mot, son amie lui dit : « Dans la maison. » avec un sourire complice. Lena lui sourit en retour et entra dans l'ancien mas, lui aussi envahi par les convives. Toutes ces personnes lui donnaient le vertige. Sans trouver Gerald, elle se rendit jusqu'à la cuisine où elle déposa son verre vide dans l'évier avant de se laver les mains. Sa nervosité soudaine la perturbait quand une voix grave dit alors juste derrière elle : « Tu es là, je te cherchais... ». Elle sursauta et réprima un frisson en se retournant. Gerald se tenait là, la nervosité de Lena disparut aussitôt. Il brandit deux verres en disant : « Deux pina coladas sans alcool, pour donner le change pendant que tout le monde se saoule ?

— Volontiers. Tu as fini par te débarrasser de Nathalie et Roger ?

— Pas sans mal. Roger est un ami mais c'est aussi un moulin à parole de l'enfer !

— Tout comme Nathalie.

— Ah non, elle c'est la reine des enfers ! ». Ils partagèrent un petit rire et retournèrent vers le jardin en reprenant leur jeu de questions-réponses. Lena se sentait à nouveau parfaitement détendue. Pour conserver un peu de distance et de tranquillité, ils marchèrent au hasard dans le jardin arboré. Aux limites de la propriété, ils firent une halte pour admirer la vue. Au loin, les Cévennes se découpaient nettement sur le fond bleu du ciel. Un petit vent tiède soufflait par intermittence et à chaque fois qu'il chahutait l'épaisse chevelure de Lena,

Gerald perdait le fil de ses pensées. Quand elle lui proposa de retourner vers la maison, il lui dit : « Tu ne veux pas plutôt qu'on se pose un peu ici ? À l'ombre de cet arbre-là par exemple ?

— Tu ne vas pas essayer de me culbuter comme une bergère au moins ?

— Je vais essayer de me retenir. ». Il rit brièvement et ils s'installèrent à même le sol au pied d'un vieux cerisier qui avait déjà perdu toutes ses fleurs. Leurs discussions reprirent, jusqu'à parler de leurs familles. Elle parla longuement de ses fils, aussi longuement qu'une mère peut le faire. Gerald s'assombrit un peu quand il parla de son père brutalement disparu quand il n'avait que treize ans. Lena voulut lui rendre le sourire : « Je réalise que je ne t'ai pas posé la question cruciale !

— Laquelle ?

— Attends, là, réfléchis bien avant de répondre, c'est important. ». Il fronça les sourcils, vaguement inquiet. La dessinatrice prit un air des plus graves et le regarda intensément avant de demander : « Aimes-tu les chats ? ». Il roula des yeux en se mettant à rire : « Mais qu'elle est bête ! Tu m'as fait peur ! J'ai cru que tu allais m'annoncer un truc sérieux !

— Mais c'est très sérieux. Mes fils sont parfaits, mais mes chats sont spéciaux. Il faut se préparer à les apprécier à leur juste valeur ! Et puis ils sont vieux, ils méritent le respect. ». Il rit encore un peu à la mine exagérément outrée qu'affichait Lena. Puis il se reprit, mima un air grave lui aussi pour dire : « Oui. J'aime les chats. Même les vieux. J'en ai eu quelques-uns dans le passé mais mon ex était allergique donc… ». Comme elle lui sourit largement, il pencha la tête et tendit la main vers visage. Elle se figea alors qu'il ôtait une herbe folle de ses cheveux, presque distraitement. Elle baissa les yeux tandis qu'il disait : « Tu sais, je vais te dire une chose d'une banalité affligeante mais qui est incroyablement vraie… ». Il marqua un temps d'arrêt et ajouta : « J'ai vraiment l'impression de te connaître depuis longtemps… Je veux dire… Je ne suis même pas sûr d'avoir jamais autant parlé avec mon ex-femme. Et de façon aussi détendue. Il y a quelque chose de troublant là-dedans. Se sentir tellement à l'aise avec quelqu'un, autant en confiance…

— Je sais. J'ai ce sentiment moi aussi. Peut-être qu'on n'a pas seulement des points communs. Peut-être qu'on a des personnalités similaires aussi… Ou complémentaires… ». Elle avait lâché ces derniers mots du bout des lèvres. Et quand elle chercha dans son regard une forme d'assentiment, elle trouva quelque chose de bien plus intense encore. Quelque chose de fugace qu'il dissimula en détournant aussitôt la tête. Il lui parut soudain très mal à l'aise, elle proposa : « Tu veux retourner vers la maison ?

— Oui, j'ai un peu soif… ». Ils se levèrent et firent quelques pas sans prononcer le moindre mot. Le jour commençait à décliner et la fête battait toujours son plein. Plus ils approchaient, plus la musique et les cris devenaient assourdissants. Gerald eut un air un peu tendu tandis qu'ils s'approchaient tous deux de la longue table des rafraichissements. Table qui avait subi les assauts des fêtards et qui ressemblait désormais à un champ de bataille. Une multitude de verres et de bouteilles vides éparpillés un peu partout sur une nappe blanche parsemées de tâches de toutes les couleurs. Lena chercha parmi les bricks de jus de fruit une survivante mais elles semblaient toutes vides. La musique était si forte que Gerald dut s'approcher tout près de son oreille pour qu'elle entende : « Dans le cabanon, il m'a semblé voir des jus de fruit aussi. Pas que des bières ! ». Elle hocha la tête et le suivit jusqu'à l'abri de jardin devant lequel ils trouvèrent plusieurs personnes, étendues sur l'herbe. La nuit tombait mais ces gens ne la verraient pas, totalement avinés qu'ils étaient déjà. Dans la cabane, Lena trouva effectivement du jus de fruit. Des nectars de poire et d'abricot. Elle les montra à Gerald en disant : « Alors ça, ce n'est pas du tout désaltérant... Tu ne préférerais pas de l'eau ? ». Il fit non de la tête et pris la bouteille de nectar d'abricot pour en boire directement au goulot. Elle l'imita avec le jus de poire. Il s'étonna : « C'est super bon en fait !

— Oui, tu veux goûter la poire ?

— Je veux bien oui. ». Elle s'approcha et ils échangèrent leurs bouteilles. Mais alors qu'il buvait avidement, Lena perçut les effluves boisés de son parfum et eut un moment de flottement. Elle réalisa qu'elle n'était qu'à une demi longueur de bras de lui. Elle respira profondément son parfum et leva les yeux vers son visage. Ce moment ne dura que quelques secondes mais il lui parut défiler au ralenti. Elle vit sa pomme d'Adam bouger alors qu'il buvait, son regard suivit les lignes viriles de son cou jusqu'à ses trapèzes saillants. Et quand il baissa les yeux vers elle, il lui parut encore plus grand qu'il ne l'était. Sans réfléchir, elle souffla : « Tu es... Grand en fait. ». Il esquissa un sourire amusé : « Un mètre quatre-vingt-dix, pas non plus un géant. Tu ne t'en rends compte que maintenant ?

— Non... ». Elle avait dit ce mot dans un souffle et s'écarta aussitôt, troublé par le parfum de cet homme. Il ne parut pas noter quoi que ce soit : « Tu n'es pas petite toi non plus. Tu fais quoi ? Un mètre soixante-quinze ?

— Soixante-dix. ». Elle s'appuya sur l'établi et laissa son regard se perdre au dehors. Il l'imita, s'appuyant sur ses coudes juste à côté d'elle, à une distance de frôlement. Il soupira : « Un mètre soixante-dix avec des jambes de deux mètres…c'est magique. ». Elle pouffa de rire : « N'importe quoi !

— Hé, je ne suis peut-être pas très doué en matière de séduction, mais je suis très observateur par contre.

Je croyais qu'on avait abandonné la flatterie ? Des jambes de deux mètres… pff !

— J'ai dit que j'étais observateur, je n'ai pas dit que j'avais de bonnes notions des distances ! ». Ils partagèrent un même rire. Il garda la tête tournée dans sa direction, elle le voyait du coin de l'œil et finit par dire : « Arrête.

— Pardon ?

— Arrête de me dévisager comme ça.

— Oh… Désolé. ». Il détourna son regard vers l'extérieur par la petite fenêtre et s'éclaircit la voix avant de lâcher : « C'est juste que… que je ne veux pas rater le moment où… tu sais, la profondeur des regards etc… ». Elle baissa les yeux en respirant les effluves boisés et sa peau lui sembla comme électrisée. Elle attendait le moment elle aussi, tout en redoutant d'avoir à en être l'instigatrice. Pourquoi les choses ne sont-elles jamais simples ? se dit-elle. Elle prit une profonde inspiration avait de demander, sans le regarder : « On prend quand même un sacré risque pour pas grand-chose non ?

— Un sacré risque ? Tu parles duquel au juste ?

— Je ne sais pas trop… Je ne suis pas sûre. Mais on a nos petites vies bien réglées chacun de notre côté et…

— Bien réglée et bien vide en ce qui me concerne. Mais bon… Je n'ai pas de chat moi. ». Elle ne put réprimer un sourire, il ajouta : « Je crois que tu te tortures l'esprit inutilement. ». Il avait dit cela d'un ton tout à coup très sérieux. Elle lui adressa un regard indécis et il poursuivit : « La plupart des gens réfléchissent après avoir sauté le pas. Et à l'âge qu'on a, on devrait en prendre de la graine.

— Réfléchir après coup… c'est comme ça que j'ai eu mes jumeaux.

— Et je suis convaincu que tu ne le regrette pas aujourd'hui. ». Il la regarda droit dans les yeux. Il avait raison. Elle soutint son regard, l'électricité courrait sur sa peau au point qu'elle en eut la chair de poule et frissonna. Il passa une main sur son épaule nue en demandant : « Tu as froid ? ». Ce simple contact la troubla, elle suivit des yeux cette main d'homme qui frictionnait doucement son bras. Il lui sembla que cela faisait une éternité qu'elle n'avait pas espéré qu'une main ne quitte plus sa peau. Quelque chose d'impérieux s'alluma dans ses entrailles, sa respiration s'oppressa un peu. Comme si elle sentait le désir dilater ses pupilles, elle n'osait plus relever les yeux vers ceux de Gerald. Mais une voix criarde les fit sursauter tous les deux, mettant fin à la magie du moment : « Y a des réserves cachées par-là ! ». Deux jeunes hommes firent irruption dans le cabanon, suivis de peu par Marion. Ils ramassèrent les packs de bière en riant, Gerald et Lena s'écartèrent pour les laisser passer. Marion semblait un peu ivre et leur adressa à chacun un clin d'œil appuyé en mettant un doigt devant la bouche. Puis elle parut chercher quelque chose : « Il n'y a pas un casier avec des jus aussi ? ». Gerald ramassa ledit casier pour lui donner alors qu'elle disait à Lena : « Tu devrais venir voir les gâteaux qu'a ramenés ma sœur ! Des macarons, une tuerie ! ». Elle prit le casier en tanguant vaguement et se lança dans la description des pâtisseries, plantée entre ses deux amis qui échangeaient des regards amusés. Marion se mit à questionner Gerald sur ses goûts en matière de sucrerie, son articulation devenait très approximative. Lena se retenait de rire et Gerald se contentait d'hocher la tête quand brusquement, il leva les yeux vers la dessinatrice et planta son regard dans le sien. Son sourire s'éteignit. Elle se raidit alors que son amie continuait de parler. Mais elle ne détourna pas le regard, elle n'en était plus capable. Les prunelles claires de cet homme la captivaient totalement. Il écarta doucement Marion de son passage et vint prendre le visage le Lena entre ses mains pour l'embrasser. Le contact de ses paumes fraîches sur ses joues, celui de ses lèvres chaudes sur les siennes lui donnèrent le vertige. Elle s'agrippa à sa chemise presque par réflexe. Marion s'exclama en reculant vers l'extérieur : « Eh bah voilà ! Je le savais ! Champagne ! ». Leurs bouches se quittèrent brièvement puis se joignirent à nouveau alors qu'il enroulait ses bras autour d'elle. Quand leurs langues s'entremêlèrent, Lena caressa d'une main tremblante la barbe de cet homme qui lui mettait le feu au cerveau. Trop parfait pour... La sensation de grandes mains courant dans son dos fit taire toute pensée cohérente. Sa bouche avait un goût de fruit. Quand leurs lèvres se quittèrent, ils se serraient étroitement l'un contre l'autre, le souffle inégal. En appuyant son front contre celui de Lena, Gerald murmura : « Le bon moment ? ». Elle réprima un rire nerveux : « Le moment parfait. ». Il reprit sa bouche, plus longuement, plus tendrement, en enfouissant une main dans ses cheveux. Ils restèrent un long moment ainsi, étroitement enlacés, s'abreuvant de sensations aux lèvres de l'autre. À aucun moment Gerald ne glissa une main plus bas que les reins de Lena, revenant sans cesse vers son visage ou ses cheveux. Il embrassait sa gorge, la respirait, enfouissait son nez dans ses cheveux pendant qu'elle en faisant autant, frottant doucement son visage contre sa peau. Puis il y eut cet instant où il releva brusquement la tête en soufflant : « Attends ! Temps mort ! ». Ils s'écartèrent un peu et il lui dit, d'une voix un peu cassée : « C'est trop d'un coup pour moi, il faut… il faut se calmer. ». Elle eut un petit rire avant de souffler : « Je vois… ». Il sourit en secouant la tête et déposa un autre baiser sur sa bouche. Puis il s'écarta totalement pour boire un peu de nectar de poire. Elle croisa les bras et lui dit avec un sourire de biais : « Je crois qu'on peut dire qu'on a franchi une nouvelle étape non ?

— Oui ! Je valide de mon côté. ». Il l'interrogea du regard et elle lâcha, sans pouvoir cesser de sourire : « Du mien aussi. ». Il ne put s'empêcher de venir cueillir un autre baiser sur sa bouche puis s'écarta en maugréant : « C'est une étape difficile pour moi !

— Pourquoi ?

— Mesurer mes…élans vers toi. ». Comme il s'appuyait sur l'établi dans une posture un peu raide, elle vint se couler entre lui et le meuble de travail et posa ses mains sur son torse. Elle sentit sa respiration s'opprimer quand elle vint frotter le bout de son nez contre sa barbe en disant à voix basse : « Ne te retiens pas trop quand même, il reste un cap à franchir. ». Il la regarda d'un air surpris : « Attention à ce que tu dis, tu pourrais avoir beaucoup de choses à raconter aux flics sinon…

— Aux flics ?

— C'est une incitation au viol que tu viens de me faire. ». Elle se mit à rire et il éteignit ce rire en reprenant sa bouche. Au sortir de ce baiser, elle murmura : « On n'est pas obligés d'attendre le troisième rencard pour…

— En l'occurrence, on n'a même pas encore officiellement eu de rencard je te signale.

— C'est vrai… On fait quoi alors ?

— On s'en fout. ». Elle enroula ses bras autour de son cou en pouffant de rire et il la serra contre lui dans un soupir d'aise. L'instant suivant, il prit sa main et l'entraina dans le jardin à sa suite. Elle devina qu'il comptait retourner aux limites de la propriété et elle savait très bien avec quelles intentions. Mais elle n'en attendait pas moins. Peu importait ce qu'il adviendrait de tout cela le lendemain, cet homme-là était parfait. Assez parfait pour réveiller en elle un désir étouffé depuis trop longtemps. Et en cet instant, en cette nuit de début d'été, il était tout ce dont elle avait besoin…

Ils s'arrêtèrent au pied d'un arbre et Gerald se figea tout à coup : « Merde. Je viens de me rendre compte que…

— Quoi ? ». Il vint lui faire face pour prendre son visage entre ses mains et le caresser du bout des doigts : « Je ne peux pas faire ça.

— Faire quoi ? Tu m'inquiète là.

— Je n'ai pas envie que notre relation commence comme ça, comme des lapins derrière un buisson. ». Il était tout à fait sérieux et Lena sentit poindre un nette frustration au fond de ses entrailles. Elle souffla : « Ok…On pourrait… on pourrait juste s'assoir là et… se câliner gentiment ? ». Elle n'arrivait pas à croire à ce qu'elle venait de dire. Elle venait de faire exactement ce qu'elle avait déjà fait de nombreuses fois avec son ex-mari : quémander un peu de contact. La frustration se mua en contrariété mais ils s'assirent néanmoins tous deux au pied d'un chêne. Il passa un bras autour de ses épaules, elle se laissa aller contre son torse. Il soupira d'aise et se mit à respirer ses cheveux avec délectation. Mais l'esprit de Lena commença à tourner à grande vitesse à mesure que sa frustration s'intensifiait. Il caressait son épaule et son bras du bout des doigts quand il murmura : « Ta peau est d'une douceur incroyable… ». Pas assez douce pour que tu m'attrapes derrière un buisson, pensa-t-elle amèrement. Elle ramena machinalement ses jambes contre elle et il les attrapa pour mettre au-dessus des siennes. Elle était pieds nus, il se mit à caresser ses chevilles. Le toucher de ses grandes mains larges devenait presque douloureux pour Lena puisqu'elle savait qu'il resterait sage. Il lui dit, presque distraitement : « Je peux faire le tour de ta cheville avec mes doigts, c'est fou ! ». Elle pensa : c'est surtout très con comme réflexion. La colère n'était pas loin, la perfection de Gerald s'effritait lentement. Comme elle restait mutique, il sentit que quelque chose clochait : « Tu t'es endormie ?

— Non…

— Tu ne dis plus rien… Regarde-moi ? ». Elle ne bougea pas, sachant qu'elle pourrait difficilement dissimuler sa déception. Il releva son visage vers lui du bout des doigts et souffla : « Oh… Qu'est-ce qu'il y a Lena ? Je crois que tes yeux pourraient lancer des poignards.

— Non, rien…

— Lena…

— Embrasse-moi… ». Il obéit et à peine leurs lèvres se touchèrent que le feu se raviva dans le ventre de la dessinatrice. Elle enroula ses bras autour de son cou en se serrant contre lui et sentit sa main gauche remonter au long de son dos jusqu'à sa nuque. Elle fit durer ce baiser au point que la main droite de Gerald posée sur ses chevilles commença à remonter la courbe de son mollet. Quand elle passa sous sa robe pour s'arrêter net sur son genou, Lena s'écarta un peu en murmurant : « Plus haut...

— Lena je... ». Elle reprit sa bouche, il ne put réprimer un vague gémissement. Sa main droite tremblait quand elle reprit son ascension. Et quand Lena sentit sa large paume glissant sur sa cuisse, elle ne put réprimer un frisson. Quand cette main atteignit la fesse de la dessinatrice, il écarta largement les doigts et bascula soudain la tête en arrière en jurant : « Putain non ! ». Elle enfouit son visage dans son cou pour lui murmurer à l'oreille : « Si, laisse-toi aller, on s'en fout, tu l'as dit... ». Il empoigna fermement sa fesse, la couvrant presque entièrement. Le bout de ses doigts glissa sous la dentelle du tanga et suivi la courbe charnue jusqu'à s'arrêter à moins d'un centimètre du sexe embrasé de Lena. En s'installant souplement à cheval sur lui, elle ne put s'empêcher de soupirer contre son oreille : « J'ai tellement envie de toi... ». Il émit ce qui ressemblait à un court râle presque douloureux. Elle reprit sa bouche alors que ses mains à lui se rejoignaient sur sa croupe. En se calant sur lui, elle sentit l'érection qu'il n'aurait pas pu dissimuler longtemps. Et pendant une demi-seconde, elle eut une vague crainte liée à la taille de ce qu'elle pouvait percevoir. Quand leurs bouches se quittèrent, elle murmura contre ses lèvres, avec un sourire de biais : « T'es bien équipé on dirait, va falloir y aller doucement... ». Il sourit à son tour en soupirant : « Ne t'en fait pas, je n'ai jamais blessé personne avec ça... ». Elle vit ses prunelles claires briller intensément, totalement incendiées par le désir, juste avant qu'il ne se mette à dévorer sa gorge et sa poitrine de baisers. Ses bonnes résolutions s'étaient définitivement envolées. De son côté, elle cherchait fébrilement à glisser ses mains sur peau alors qu'il faisait tomber les bretelles de sa robe le long de ses épaules. Elle se redressa un peu pour dégrafer son soutien-gorge. Sous la faible lueur des étoiles, elle vit qu'il la regardait intensément. Il écarta les lourdes mèches brunes qui tombaient en cascade sur sa poitrine en disant d'une voix éteinte : « Tu es magnifique… une apparition… ». Puis il l'attira un peu brusquement contre lui pour faire courir sa bouche sur sa peau. Ses gestes se firent moins souples quand il lui empoigna un sein d'une main ferme et que de l'autre, il descendit sa culotte sur la courbe de ses fesses. Au point qu'un de ses doigts s'accrocha dans la dentelle noire et s'y trouva empêtré. Elle eut un sourire amusé jusqu'à ce qu'il se saisisse à deux mains du tanga pour le déchirer. Elle ne put retenir un petit couinement de surprise vite éteint par la sensation du bout des doigts de Gerald caressant délicatement sa toison. Il chercha son regard et la regarda fiévreusement à mesure que ses doigts l'exploraient. Elle fit glisser une main jusqu'à son pantalon sans que leurs regards ne se quittent, mais quand elle caressa son sexe bandé à travers le tissu, il battit brièvement des paupières. Il respirait par à-coups et elle adora le voir perdre pied. Elle vint passer doucement le bout de sa langue sur ses lèvres tout en défaisant sa ceinture. Il la saisit par la nuque pour l'embrasser à pleine bouche alors qu'elle bataillait avec les boutons du pantalon. La façon dont leurs langues s'entremêlait lui donnait un délicieux vertige, ou bien était-ce les doigts agiles qui l'exploraient ? Lena perdait pied elle aussi… Et quand elle se saisit enfin de l'objet de son désir, la raideur chaude et large au creux de sa main acheva de lui mettre le feu au corps. Quelque chose d'animal, de profondément refoulé en elle s'était réveillé. Et les mains de cet homme n'en finissaient plus de l'appeler sur chaque parcelle de sa peau. De grandes mains, fortes et douces, caressantes, à la prise ferme. Quand elle fit glisser le sexe de Gerald au bord des lèvres brûlantes du sien, il soupira : « Oh Lena… ». Et il émit un gémissement étouffé alors qu'elle s'y empalait lentement. Elle eut un frisson puissant en sentant ce pieu tendu en elle, autant pour l'acte en lui-même qu'en réalisant que, oui, la taille pouvait compter parfois. Gerald eut une seconde de vertige avant de la prendre par la taille pour achever la pénétration d'un mouvement souple du bassin. Elle gémit et fronça brièvement les sourcils mais ses hanches réagirent d'instinct et la danse commença. Lentement d'abord, le temps que ces deux corps se rencontrent et s'apprivoisent. Qu'ils mettent à l'unisson la vibration profonde de leurs désirs. Et le rythme que Lena adopta parut parfaitement convenir à Gerald dont les mains semblaient vouloir se perdre sur toutes les parties de son corps à la fois. De ses fesses à ses cuisses, de sa taille à ses seins, sa gorge, son visage, ses épaules. Lena tenta de lui ôter sa chemise, il dut l'aider. Il s'en débarrassa promptement et ramena le corps de sa maîtresse aussitôt contre le sien. Elle put mieux goûter sa peau, sentir sa musculature tendue sous le derme. Quand le rythme de son bassin sur lui se fit plus soutenu, elle mordit doucement dans l'épaule puissante. En sentant le plaisir devenir de plus en plus intense, Gerald pris le visage de Lena dans une main pour qu'elle le regarde : « Tu es trop belle…trop sexy, je ne pourrai pas tenir si tu continues comme ça… ». Il avait une expression presque douloureuse, elle se figea et lui sourit en disant : « Tu n'habites pas loin tu as dit ? Disons que là… C'est le galop d'essai…

—Non, je ne… ». Elle se remit à onduler, de plus en plus rapidement et profondément sur lui. Son ventre incendié en voulait plus et elle sentait que Gerald ne l'arrêterait pas, même s'il devait perdre le contrôle. Ce qui ne tarda pas. Le visage dans son cou, il supplia vaguement : « Non, arrête, c'est trop… ». Et tout son corps se raidit alors qu'il maintenait les fesses de Lena plaquées contre son bassin pour la pénétrer le plus profondément possible. Elle gémit elle aussi en le sentant se libérer en elle. Pendant quelques secondes, ils restèrent étroitement serrés l'un contre l'autre, le souffle inégal. Lena embrassa doucement l'oreille de son amant et lui murmura : « Maintenant monsieur le boxeur… Tu me dois un deuxième round. ». Il releva la tête avec un sourire incoercible : « Tu m'as eu par surprise là. Je n'étais pas préparé à…toi. ». Il caressa son visage et ajouta dans un murmure : « Des rounds, tu en auras autant que tu voudras… Tellement que tu finiras par demander grâce.

— Nous verrons cela… ». Ils échangèrent un baiser aussi brûlant que tendre et quelques instants plus tard, ils étaient rhabillés et prêts à quitter la fête pour en commencer une autre, plus intime, chez Gerald. Mais au moment de partir, ce dernier ramassa quelque chose par terre et dit à Lena : « Je garde ça. ». C'était ce qui restait du tanga en dentelles, il le fourra dans sa poche avec un sourire satisfait…

Lena voulut saluer les parents de Marion avant de partir mais elle ne trouva que Raphaël, passablement ivre, écroulé sur une chaise. La moitié des invités étaient déjà partis mais ceux qui restaient ne semblaient pas avoir l'intention d'en faire autant. Gerald aperçu Nathalie et Roger et dit à l'oreille de Lena : « On devrait prendre la fuite maintenant ou bien ces deux-là vont nous alpaguer. Et je connais Roger, saoul, c'est une plaie. ». En cherchant encore un peu du regard son amie

Marion, Lena acquiesça et ils quittèrent aussitôt la propriété… Dans la rue, Gerald prit la main de sa maîtresse mais elle vint spontanément se couler sous son bras dans un soupir d'aise. Il embrassa ses cheveux et dit doucement : « Je comprends mieux pourquoi tu voulais qu'on soit cash…

— C'est-à-dire ?

— Eh bien… Tu ne fais pas dans la demi-mesure, je comprends que tu aies besoin d'être… en confiance.

— Comme tout le monde non ?

— Peut-être… Mais je ne m'attendais pas à ce que…

— Qu'on couche ensemble ce soir ?

— Oui, voilà. ». Ils marchaient paisiblement sous un ciel étoilé, tout se prêtait au romantisme mais Lena avait une vision concrète des choses. Elle sourit à son amant et, sans cesser de marcher, elle lui dit : « Tu sais, je crois qu'à nos âges, après tout ce qu'on a vécu, on a bien le droit de décider de suivre nos élans. Sans réfléchir à ce qu'on devrait faire ou pas… Tu aurais préféré qu'on se câline "gentiment" sans doute ?

— Non. Définitivement non. Tu as raison. ». Elle attendit quelques secondes puis : « Et c'est tout ? J'ai raison et hop ! Silence ? Tu n'essayes même pas d'argumenter ?

— Pourquoi ? Je suis de ton avis. ». Elle le jaugea un instant et ne vis aucun faux semblant dans son regard clair. Elle haussa les sourcils en soupirant : « Tu es vraiment trop parfait pour moi ! ». Il pouffa de rire : « Quoi ? Moi ? Non. Je suis loin d'être parfait mais je serais vraiment le dernier des cons pour ne pas être de ton avis. Je marche au bras d'une femme magnifique, d'une sensualité incroyable qui me fait l'honneur de venir dormir chez moi ce soir. Comment pourrais-je argumenter contre l'idée de profiter du moment présent ?

». Il eut un sourire éclatant qui fit soupirer Lena. Elle se promit de dessiner ce sourire dès qu'elle en aurait l'occasion afin de ne pas l'oublier. Il l'embrassa doucement et elle dit contre sa bouche : « Dormir ? Vraiment ? »…

La maison de Gerald tenait quasiment de la villa. Moderne, de plain-pied, entourée de haies, un portail électrique. Lena songea qu'elle était l'archétype de la maison de la haute bourgeoisie héraultaise moderne mais garda cette pensée pour elle. Il était un peu fébrile en la faisant entrer. Il prit une minute pour désactiver l'alarme puis il la rejoignit alors qu'elle avançait à peu mesurés dans le large couloir de l'entrée. Il prit sa main et se mit à allumer toutes les lumières dans l'intention de lui faire visiter la maison. En entrant au salon –presque aussi vaste que son appartement entier- elle s'arrêta et embrassa les lieux d'un regard. Des couleurs bâtardes toutes dérivées du beige. Deux tableaux minimalistes et autant de sculptures du même genre. Lena ne retrouvait rien de Gerald dans son intérieur, elle demanda : « Est-ce que c'est un décorateur qui…

— Oui, l'an dernier j'ai tout fait redécorer. Mon ex-femme avait laissé un peu trop de son empreinte ici. Ça te plaît ?

— Non. ». Elle avait répondu sans animosité ni exagération. Il avait été surpris, elle ajouta : « Excuse-moi, c'est juste que… Soit je me suis complètement trompé sur toi, soit ton décorateur a fait ses études chez Ikea. ». Il ne put s'empêcher de rire et de venir déposer un baiser sur son front. Elle attrapa sa barbe et se mit sur la pointe des pieds pour embrasser sa bouche : « De toute façon, je ne suis pas venue ici pour discuter papier peint et moulures.

— Tu me rassure… Ferme les yeux.

— Pourquoi ? ». Il la surprit en la soulevant du sol pour la porter : « Parce que je vais t'emmener jusqu'à ma chambre et je ne veux pas que tu voies comme le reste de la déco est moche par-là aussi. ». Elle rit en enfouissant son visage dans son cou et en s'accrochant à lui comme si elle craignait une vision d'horreur. Quand il la redéposa au sol, il murmura : « Voilà, tu peux ouvrir les yeux maintenant mais je te préviens que la chambre aussi a été décorée par l'escroc de chez Ikea. ». Elle pouffa en ramenant ses cheveux en arrière et jeta un vague regard autour d'elle : « Ah oui le genre garçonnière, tons fauves et crèmes, fauteuil de cuir, tête de lit d'ébène ! Tout le kit du patron ! Moi qui te vois comme un viking ou quelque chose du genre…

— Un viking ? Attends… ». Il détacha ses cheveux et Lena les découvrit beaucoup plus longs qu'elle n'aurait cru de prime abord. Elle y fourragea doucement de ses deux mains pendant qu'il posait les siennes sur sa taille et les faisaient glisser vers ses hanches. Son regard clair se fit flou pendant une seconde, celui de Lena se ralluma d'un éclat fiévreux. Elle souffla : « Tu es encore plus beau comme ça…

— Tu sais que… le temps qu'on arrive jusqu'ici… Je n'arrivais pas à m'enlever de la tête que…

— Quoi ? ». Il avait soudain la voix un peu cassée et quand il la regarda droit dans les yeux, elle vit qu'ils brillaient intensément. Il dit, presque dans un murmure : « Que tu n'avais plus de culotte. ». Elle réprima un petit rire et fit un pas en arrière en soutenant son regard. Il eut une expression un peu surprise qui se changea en une sorte de sidération quand elle fit glisser les bretelles de sa robe sur ses épaules. L'ensemble du vêtement tomba à ses pieds dans un bruit délicat de froissement. Il porta une main à son front tandis qu'elle dégrafait son soutien-gorge d'un doigt, le retenant un peu sur sa poitrine de l'autre main. La lumière dans la chambre était douce, tamisée, mais Lena hésitait soudain à se dévoiler brutalement. Il prit sa main retenant le sous-vêtement en disant : « Qu'est-ce qu'il y a ?

— Un peu trop de lumière pour un corps de quadragénaire… ». Il tira doucement sur sa main : « Je te garantit que tu n'as pas à faire de complexe. Tu es sublime Lena. ». Dans son regard, elle trouva assez de désir pour reprendre confiance en elle. Quand le soutien-gorge tomba au sol, Gerald vint embrasser sa gorge en l'attirant contre lui. Elle enroula ses bras autour de son cou et il lui dit : « Tu es la plus femme que j'ai tenu dans mes bras… ». Elle se dit bêtement qu'il ne devait pas en avoir tenues beaucoup, mais la voracité de ses baisers sur sa poitrine chassa vite cette pensée. Elle le repoussa un peu pour lui enlever sa chemise et quand ce fut fait, il la souleva du sol en l'embrassant pour aller la déposer sur le lit. Alors qu'elle tentait de se redresser vers lui, il la ramena sur le couvre-lit et fit courir sa bouche sur ses seins, puis son ventre. Elle respira mal, le feu la consumait à nouveau, son appétit n'avait pas été comblé. Mais quand la bouche de son amant descendit jusqu'à son mont de vénus elle protesta mollement : « Je devrais prendre une douche d'abord ! ». Il se redressa, lui sourit et fit non de la tête en détachant sa ceinture : « Trop tard. ». Quand elle le vit enfin complètement nu, elle resta un instant bouche bée. Un court instant, car il s'avança aussitôt au-dessus d'elle avec un regard de prédateur. S'en suivit un baiser aussi profond que brûlant. Gerald plongea une main dans les cheveux de sa maîtresse pour attraper souplement sa nuque pendant que l'autre descendait jusqu'à sa fesse. Il la pétrit fermement en murmurant à son oreille : « Elles sont parfaites…parfaites pour mes mains… ». Lena se cambra en glissant ses mains avides dans le dos de son amant et quand il mordit doucement sa gorge elle ne put retenir un discret gémissement. Ses ongles s'accrochèrent aux muscles saillants de ses omoplates, il se raidit brièvement, lui sourit entre deux baisers. Quand il laissa aller son corps contre celui de Lena, elle adora cette sensation de pesanteur, comme une affirmation de sa force, de sa masse sur elle. Elle enroula instinctivement ses jambes autour de son bassin, il passa une main sous son dos pour la soulever un peu et la serrer plus étroitement contre lui. Mais quand il la pénétra, il s'écarta un peu pour la regarder d'un œil trouble. Elle redécouvrit l'impérieuse raideur, large et longue qu'elle avait chevauchée moins d'une heure plus tôt et ne put réprimer un gémissement d'aise. Et quand il fut totalement en elle, une vague de plaisir intense lui serra la gorge. Comme elle avait fermé les yeux en s'abandonnant, son amant caressa son visage et embrassa ses paupières avant de se redresser un peu plus pour la regarder. Et tout en amorçant lentement un va-et-vient profond, il laissa sa main droite explorer chaque courbe du corps de sa maîtresse. De la gauche, il la maintenait dans l'alignement de son bassin. Lena avait une respiration chaotique en retrouvant cette ivresse charnelle depuis longtemps oubliée. Tout son être semblait se réveiller après une hibernation forcée. Et chaque coup de rein souple de son amant lui renvoyait une vague de chaleur jusqu'au cœur. Il revint s'étendre au-dessus d'elle pour lui murmurer mille douceurs à l'oreille. Elle s'accrocha à son corps d'une main avide et de l'autre, elle empoigna son fessier pour l'inciter à mettre plus de force dans ses mouvements. Il le comprit instantanément et affirma progressivement ses coups de boutoir au fond d'elle. Les gémissements se muèrent en râles et tout à coup, Gerald surprit sa maîtresse en roulant sur le côté. Elle se retrouva sur lui et se redressa aussitôt, s'appuyant sur son torse tandis qu'il empoignait ses fesses. Il respirait mal lui aussi, en proie à des tortures de plaisir qui lui donnait par moment l'air inquiet. Lena caressait son torse en menant la danse au rythme de ses hanches. Un rythme de plus en plus soutenu. Et, elle-même chavirée par l'onde brûlante qui montait de son sexe, elle sentit qu'elle atteindrait vite l'orgasme. Elle ferma les yeux et son corps en mouvement se cambra progressivement alors que la dernière vague s'annonçait. Elle sentit les mains de Gerald caresser son ventre et remonter vers ses seins, sa tête bascula en arrière. Son amant se redressa brusquement et empoigna sa nuque pour ramener son visage vers lui au moment même où elle atteignait le point culminant de la jouissance. Comme un foudroiement de tempête, elle ne put ouvrir les yeux quand l'électricité la traversa. Mais le gémissement profond qu'elle laissa échapper était sans équivoque, tout comme le puissant frisson qui la secoua juste après. Quand elle rouvrit les yeux en papillonnant des paupières, le regard de son amant sur elle était d'une douceur indescriptible. Il l'embrassa goulûment avant de murmurer : « Je n'en ai pas fini avec toi… ». Elle le savait, elle le sentait encore profondément dressé en elle. Et en plantant son regard sombre dans le sien, elle reprit lentement sa chevauchée en soufflant : « Moi non plus… ». Elle le repoussa en douceur et, encore grisée de plaisir, elle se remit à onduler en souplesse, en langueurs pour mieux faire durer leur plaisir à tous les deux. Gerald tendit les mains pour prendre ses seins et elle se saisit de l'une d'elles pour la diriger sur sa gorge jusqu'à son visage. Là elle embrassa le bout de ses doigts délicatement et tout en regardant son amant droit dans les yeux, elle passa le bout de sa langue sur la pointe de son index. Il parût soudain comme hypnotisé, et quand elle fit glisser progressivement son doigt sur sa langue jusque dans sa bouche, il fronça brièvement les sourcils et laissa retomber sa tête en arrière. Il souffla profondément : « C'est de la torture ! » et ses reins se rebellèrent, envoyant des coups plus profonds comme par réflexe. Et réveillant un plaisir encore frémissant au fond du ventre de Lena. Il enserra sa taille entre ses grandes mains et imprima un rythme beaucoup plus sauvage au corps de sa maîtresse. Des ondes de plaisir beaucoup plus brutales montèrent en elle, parfois à la limite de la douleur. Il n'avait de cesse de lui répéter combien elle était belle mais elle ne pouvait en faire autant, le plaisir avait pris le contrôle de tout son être. Un autre orgasme s'annonçait et il promettait d'être encore plus intense que le premier. Gerald la surprit encore en se redressant brusquement pour la prendre à bras le corps et la plaquer contre la tête du lit. Il avait une expression bestiale, presque sombre, en l'embrassant alors qu'il martelait vigoureusement son corps du sien. Et quand vint le moment de la libération, ils l'atteignirent ensemble presque sans le vouloir... Totalement cotonneuse, Lena frotta doucement son visage contre celui de son amant dont la tête reposait sur son épaule. Tout en la gardant contre lui, il se laissa retomber sur le lit, le souffle court. Il l'entoura de ses bras en respirant sa peau et lâcha dans un soupir : « Ce n'est pas possible... ». Elle se laissa glisser contre son flanc et, posant le menton sur son torse, demanda : « Quoi donc ? ». Il tira un oreiller sous sa tête, lui sourit puis dit en retrouvant un semblant de respiration normale : « Toi. ». Elle sourit et il ajouta en caressant ses cheveux, l'œil brillant : « Je n'ai pas souvenir d'avoir pris autant de plaisir depuis… je ne sais même plus en fait.

— Moi non plus, je ne sais plus… Et c'est tant mieux. C'est un peu comme si… On reprenait tout à zéro en fait.

— Tout à fait… ». Elle caressa son ventre d'une main distraite et dit, sans vraiment y réfléchir : « Il y a quand même quelque chose qui cloche.

— Pardon ?

— Oui… Regarde-moi ça ! Des bosses et des creux partout ! On dirait que tu as été retouché sur une tablette graphique ! Et après tu vas me dire que tu ne fais pas tomber les nanas ? ». Il émit un rire franc avant de dire : « Je pourrais t'en dire autant. Comment une femme aussi belle et sensuelle que toi peut encore être célibataire ?

— Pour les femmes c'est différent.

— En quoi ?

— Un homme de ton âge, même pas très beau a des chances de séduire de par son statut dans la vie. Une femme qui a une bonne situation, ça jouerait plutôt en sa défaveur. Et si en plus elle a dépassé la quarantaine… Mais toi, tu as tout ! Je ne peux pas croire qu'il t'aurait été difficile de trouver quelqu'un…

— C'est pourtant le cas. Bon, je dois reconnaître que je n'ai pas vraiment cherché mais…

— Tu es en train de me dire que tu n'as eu personne, rien du tout depuis deux ans ?

— Non. ». Il détourna le regard, visiblement mal à l'aise. Mais cela amusa Lena qui choisit de continuer à le titiller : « Allez, raconte… Combien ?

— Ce n'est vraiment pas intéressant. Ni glorieux.

— On s'en fout, c'est marrant. Tu veux que je commence ? Dans le genre de malentendus tellement pitoyables qu'ils en deviennent drôles ? ». Il ne répondit rien mais un éclat curieux luisait dans son regard. Lena sourit de biais : « Très bien. ». Elle se glissa entre les draps et s'assit en tailleur, appuyée contre la tête du lit : « Alors, l'année suivant mon divorce, morne plaine, no man's land étant donné que j'ai fait cette foutue dépression. Mais quand j'en suis sortie, mes copines m'ont poussée à sortir, à faire des rencontres. Et je dois avouer que les premiers mois, j'ai trouvé ça fun, et constater que je plaisais encore m'a fait du bien à l'estime personnelle. ». Soudain très intéressé, Gerald s'étendit sur le côté, la tête appuyée sur son poing. Lena poursuivit : « Et je me suis rendue compte que j'étais très critique sur le physique des hommes. Alors que mes ex n'avaient rien de gravures de mode ! Reste que le plus petit défaut physique devenait rédhibitoire. Mais comme je ne suis pas foncièrement mauvaise, je me suis dit que je devais dépasser ça. Et un jour, une copine me présente un mec très sympa, brun avec de grands yeux bleus tristes. On a un bon contact, on se donne rencard, resto etc… Et en me raccompagnant à ma voiture, il se lance et me plaque contre la portière pour un baiser fougueux… ». Elle se retint de rire, Gerald lui, ne riait pas du tout. Puis elle dit : « ça aurait pu être parfait si le pauvre garçon n'avait pas mesuré un mètre soixante à peine. Il a raté ma bouche et s'y est repris à deux fois avant d'y arriver, uniquement parce que j'avais plié les genoux. Et là j'ai été prise d'un fou rire. Le pauvre, j'ai de la peine pour lui, la tête qu'il faisait. Je me suis confondue en excuses mais il ne m'a jamais rappelée. Tu vois cette fois-là, j'avais voulu passer sur le fait de sa taille et au moment crucial, boum, fou rire ! ». Son amant sourit enfin alors qu'elle riait brièvement. Il s'éclaircit la voix avant de dire : « Ok… Alors moi, six mois après mon divorce, j'en voulais toujours à mon ex et… Je me suis envoyé sa sœur. ». Il baissa les yeux alors que Lena s'exclamait : « NON ?! ». Puis elle se mit à rire franchement devant l'air gêné de son amant. Elle se reprit pour lui dire : « Ce n'est pas très élégant ça, le terme "envoyé" monsieur !

— Ah mais ça n'a pas été élégant. À aucun moment. Je n'en suis pas fier. Elle était venue récupérer des choses que mon ex avait laissées dans le garage. J'étais en train de taper dans mon sac de frappe. Elle a commencé à me regarder bizarrement et…

— Je vois la scène, tu étais torse nu, en sueur ?

— Pas torse nu mais en sueur oui.

— Elle a senti le mâle ! ». Lena se remit à rire et il ne put s'empêcher d'en faire autant avant d'ajouter : « Sûrement. Elle m'a lorgné et elle m'a dit qu'elle m'avait toujours apprécié et que si je me sentais seul, elle était disponible… Alors qu'elle ne l'était pas du tout, mariée depuis des années avec enfants et tout ce qui s'en suit. Bref, elle s'est approchée et a commencé à me toucher et je… Je l'ai attrapée vite fait dans le garage. Sans douceur ou quoi que ce soit, même pas un baiser. Donc oui, je crois que je peux dire "envoyée".

— Effectivement. Ça tient plus de la vengeance qu'autre chose là.

— Ceci dit, elle n'avait pas l'air mécontente. Elle est revenue quelques jours plus tard, mais je l'ai envoyée bouler.

— La pauvrette ! Elle est jolie au moins ?

— Même pas. Un clone de sa sœur avec cinq ans de moins. Petite, à moitié blonde, petite poitrine et gros cul.

— Oh non le mufle ! Tu étais bien content d'en profiter quand même ! ». Elle le bouscula du pied et il attrapa sa cheville au vol avec un sourire de biais : « Certes ! Mais je n'avais pas encore eu le tien entre les mains. ». Il rampa vers elle avec un regard de prédateur sans lâcher sa cheville. Elle lui dit d'un air faussement outré : « En fait je vais découvrir sous peu que tu es une brute, un sale macho bas de plafond…

— Ça te plairait ?

— Non. J'ai déjà donné.

— C'est-à-dire ?

— Dans le genre anecdote pathétique… Un autre rencard arrangé. Un type un peu plus jeune que moi, grand et balaise… Et routier. Une vraie caricature.

— Pas de défaut physique cette fois ?

— Non, un beau gars. Avec une personnalité de bulot. ». Il s'esclaffa : « C'est sympa un bulot ! Qu'est-ce qui n'a pas marché alors ?

— Alors… Dîner entre amis, plaisanterie, rigolade puis il me rejoint sur le canapé et attaque direct. Attaque frontale presque. Bras autour du cou, et vas-y que je me penche tout près pour parler. L'haleine, le parfum musqué et le manque de nuance. Et au bout d'un quart d'heure, alors que je lui avais dit clairement que je n'étais pas intéressée, il me sort : tu as tort, à ton âge ça te ferait du bien un petit coup de jeune. ». Gerald se redressa pour s'assoir en face d'elle : « Quoi ? Il a dit ça ce con ?!

— Mais oui. Avec le petit sourire charmeur et tout !

— Et qu'est-ce que tu lui as répondu ?

— Je dois avouer que j'ai un peu pété un câble. Je deviens très vulgaire quand je suis en colère… ». Il eut un sourire curieux : « Allez, raconte… ». Elle hésita encore un peu, soupira et lâcha : « Je lui ai dit : mon grand, tu vois là, j'hésite entre te foutre mon verre dans la gueule où te fourrer les glaçons dans le cul pour calmer tes ardeurs. Mais je vais me contenter de partir. ». Il se mit à rire et elle aussi, un peu honteusement. Puis il s'interrompit et la dévisagea avec un regard brillant avant de prendre sa main : « En fait, tu es une furie. J'avais deviné un certain tempérament chez toi quand tu as voulu qu'on soit directs l'un envers l'autre mais… je me dis maintenant qu'il ne faut pas trop que je t'asticote… Je prendrais le risque de me prendre quelque chose dans la tête ! ». Il embrassa sa main et elle se pencha aussitôt pour déposer un petit baiser sur sa bouche : « Je ne suis jamais violente physiquement en couple. Verbalement c'est possible, mais pas physiquement. ». Il répondit dans un sourire : « Je dois avoir des marques dans le dos qui disent le contraire.

— Ça m'étonnerait. Je me suis retenue. ». Il se retourna en s'agenouillant sur le lit et elle ouvrit de grands yeux en découvrant qu'en effet, il portait quelques marques de griffures. Elle se retint de rire en se mordant la lèvre inférieure et quand il lui fit face, il pouffa en voyant son air aussi désolé qu'amusé : « Voilà… Par moment j'ai cru faire l'amour à un chat sauvage ! ». Elle se figea. La simple expression "faire l'amour" fit dévier le fil de ses pensées sur des choses moins agréables. Comme par exemple, le moment où ils se sépareraient. Et comme il vint vers elle pour l'embrasser dans le cou, elle choisit de ne pas aborder le sujet pour l'instant. Ce moment délicat viendrait bien assez vite… Il lui chuchota quelques douceurs à l'oreille, elle ne voulait que goûter ces instants sans envisager la suite. Il s'étendit au long d'elle de manière à ce que leurs corps soient le plus possible en contact en disant : « Je veux dormir comme ça… ». Elle haussa un sourcil et dit d'un ton faussement sévère : « Tu dormiras quand nous aurons fait un brin de toilette. Ça commence à sentir l'étable dans cette chambre ! ». Il ricana et lui dit : « La salle de bain, c'est la porte juste en face de celle de la chambre. Tu es chez toi…

— Mais… Toi aussi espèce de goret, à la douche !

— Ah mais je comptais y aller après toi…

— Pourquoi ? ». Il la regarda d'un drôle d'air : « Eh bien c'est que… Mon ex avait horreur de prendre des douches à deux.

— Gerald… Est-ce que je suis blonde et basse du cul ? ». Il s'esclaffa et, alors qu'elle se levait, il la suivit en disant : « Espèce de goret… » et se remit à rire…

En découvrant la douche à l'italienne tout en marbre et luxe, Lena haussa les sourcils et soupira profondément sans dire un mot. Mais quand l'eau se mit à jaillir en pluie chaude sur son corps, elle n'eut plus en tête que le bien-être de cette sensation. Son amant derrière elle, s'immobilisa un moment et posa une main sur son épaule en disant : « Attends, ne bouge plus… Il est incroyable ton tatouage… C'est un dragon japonais ?

— Plus ou moins, d'inspiration japonaise oui. Mais c'est un dessin que j'ai créé, le dragon de lune. Symbole protecteur de la féminité.

— Tu es vraiment une artiste… C'est magnifique. Combien de temps pour tatouer un si grand motif ?

— Une quinzaine d'heures… En plusieurs séances.

— La douleur que ça a dû être !

— Pas tant que ça. On oublie vite en fait. Comme toutes les autres douleurs d'ailleurs… ». Il suivit les courbes du dragon qui partait du bas des reins de Lena jusqu'au creux entre ses omoplates. Sa main glissa naturellement jusqu'à sa nuque et il l'invita à se retourner pour l'embrasser. L'eau ruisselait sur leurs visages, Lena eut l'impression de s'abreuver à ce baiser. L'instant d'après, ils se savonnaient l'un l'autre et Gerald insista pour laver les cheveux de sa maîtresse. Quand elle s'étonna de sa demande, il dit simplement : « J'adore tes cheveux bruns, presque noirs… Comme tes yeux…

— Oui des yeux marrons.

— Non, pas juste marrons. Terre brûlée avec un fond ambré. Des yeux de chat sauvage…

— Tu es sûrement le seul mec à la ronde capable de nuancer une couleur. ». Il ricana alors qu'elle se rinçait. Elle s'empara du shampooing pour lui administrer le même traitement. Il se laissa faire en la mangeant des yeux. À un moment elle s'interrompit, baissa les yeux sur son sexe en disant : « J'ai eu peur…

— De ?

— À la façon dont tu me regardes, j'ai cru que tu étais déjà prêt pour le round suivant. Ça m'aurait inquiétée.

— Pourquoi inquiétée ?

— On ne va pas se mentir, à ton âge, tu n'es pas censé… euh… Tu vois ce que je veux dire non ?

— Être déjà prêt à remettre le couvert ?

— Voilà. ». Il eut un large sourire et alors qu'ils s'enroulaient dans des serviettes, il dit : « Alors sache que j'ai toujours été… du genre réactif disons. Et quand je t'ai dit que je faisais du sport pour compenser le manque d'activité sexuelle, je ne mentais pas.

— Est-ce que tu es en train de me dire que ce n'est pas ton attirance pour moi qui est en cause mais juste ta libido survoltée ? ». Il fronça les sourcils et eut un bref air renfrogné : « Pas du tout ! Ce n'est pas ce que je dis ! ». Elle émit un petit rire moqueur et il ajouta : « Non, ce que je te dis c'est que j'ai toujours aimé faire l'amour et… Tu m'inspires particulièrement. ». Il l'attira contre lui pour embrasser son épaule pendant qu'elle se frictionnait les cheveux. Il déposa un autre baiser au creux de son cou puis sur le lobe de son oreille en murmurant : « Intensément… ». Elle se retourna pour lui dire, l'œil brillant : « Ne t'en fais pas, je crois que je te comprends… Moi aussi j'ai toujours eu besoin de faire l'amour pour me sentir vivante. Autant dire que j'étais un fantôme ces dernières années… Un fantôme pathétique avant mon divorce et un fantôme résigné après… ». Un voile de tristesse passa sur son visage de figurine. Il le prit entre ses mains et déposa un petit baiser sur le bout de son nez : « Lena, je t'annonce que c'est terminé. Tu vas laisser ton suaire, ton boulet et tes chaînes là, et je vais me faire un devoir de te garder en vie. ». Dans ses yeux clairs comme de l'eau, elle ne lut que sincérité et tendresse. Elle se laissa aller contre son torse et ils retournèrent se mettre au lit. Il était plus de minuit et quand ils se glissèrent entre les draps, il lui dit : « Bon, c'est vrai que là, il faut que je dorme un peu mais…

— Moi aussi… D'autant que j'ai assez peu dormi cette semaine, je suis lessivée.

— Insomnies ?

— Pas vraiment mais j'aime dessiner la nuit. ». Elle se coula contre lui, ferma les yeux mais comme il n'éteignait pas la lumière, elle releva la tête : « Tu n'éteins pas ?

— J'ai un peu peur…

— Tu as peur du noir ?

— Non, je me dis que si j'éteins, tu vas peut-être disparaître. Parce que cette nuit ressemble tellement à un rêve que je n'ai pas envie de me réveiller. ». Il y avait une forme de fragilité en lui qui la toucha. Elle s'étira néanmoins au-dessus de son torse pour éteindre la lumière puis l'embrassa dans l'obscurité et dit : « Personne ne va disparaître, je te le promets… Et ne m'oblige pas à fermer les yeux sur cette affreuse bande de papier peint par pitié. ». Il pouffa de rire et ils s'endormirent peu après l'un contre l'autre… Mais à peine une heure plus tard, les mains de Gerald caressant doucement ses jambes éveillèrent Lena. Elle n'avait pas ouvert complètement les yeux qu'il déposait de délicats petits baisers sur sa tempe, ses cheveux. Spontanément, elle se colla contre lui, faisant en sorte que chaque courbe de son corps épouse celui de son amant. Elle sentit qu'il était déjà prêt, son sexe dressé se cala entre ses fesses presque naturellement. Elle le caressa en ondulant du bassin, Gerald soupira à son oreille. Il caressa son ventre en remontant vers sa poitrine dont il titilla doucement les mamelons. Elle gémit à son tour et tourna la tête pour chercher sa bouche dans les ténèbres. Son souffle sur ses lèvres était brûlant et sa langue, insatiable. Quand il fit glisser ses doigts entre les lèvres de son sexe perlant d'excitation, tout son corps se raidit. D'une main, elle s'agrippa à la fesse de son amant qui dévorait son épaule de baisers carnassiers. Et cette fois, ce fut elle qui le surprit en se retournant souplement pour prendre sa verge entre ses deux mains. Il eut un léger sursaut tout de suite atténué par les caresses que lui prodiguait sa maîtresse. Elle traça un chemin de baisers humides de sa bouche à son torse, puis fit courir le bout de sa langue de ses tétons durcis à son nombril. La respiration de Gerald se fit inégale quand la bouche de sa maîtresse entra en contact avec son sexe. Et quand elle le fit glisser sur le velours de ses lèvres pour le prendre en bouche, il ferma brièvement les yeux. Mais au contact de la langue s'enroulant comme un serpent autour de la hampe, il ne put retenir un gémissement profond. Il posa une main tremblante sur la tête de Lena qui s'appliquait à faire durer la douce torture qu'elle infligeait à son amant. En succion de plus en plus marquée et en va-et-vient de plus en plus rapides et profonds. Sa mâchoire ne tarda pas à en être douloureuse mais elle attendit qu'il demande grâce : « Arrête, c'est trop… Je ne pourrais pas tenir, viens là. ». Il se redressa pour l'attirer à lui un peu brusquement en la retournant. Elle se cambra pour l'inviter à la pénétrer, ce qu'il fit sans tarder en mordant doucement sa nuque. Le sentir à nouveau en elle était quasiment, en soi, un avant-goût de jouissance. Il la fit basculer et elle se retrouva à plat-ventre, mais il passa ses bras sous elle pour l'inciter à se mettre à quatre pattes. Dans cette position la pénétration était plus profonde, à la limite de la douleur pour Lena. Mais son amant en était conscient et il prit soin de ne pas s'emballer, même s'il en crevait d'envie. Il se fia aux soupirs et gémissements de sa maîtresse. Quand ils montaient dans les aigus, il ralentissait l'allure et la force qu'il mettait dans ses coups de reins. Ses mains n'en finissaient plus de caresser son dos et sa croupe offerte. Et quand Lena commença à réclamer plus d'ardeurs, il plongea la main dans sa chevelure et la tira doucement en arrière pour l'inviter à se redresser. Leurs bouches se joignirent fiévreusement dans l'obscurité, mais quand le rythme des reins de Gerald s'accéléra, sa maîtresse retomba à quatre pattes. Il la pilonnait aussi intensément que souplement, soupirant des mots parfois incompréhensibles. Lena n'était plus que soupirs et frissons. Puis, rompue par le plaisir, elle mit ses épaules plus bas encore, enfouissant son visage dans l'oreiller qu'elle finit par mordre sous les assauts puissants de son amant. L'orgasme fut foudroyant. Pour l'un comme l'autre. Quand ils retombèrent dans les draps, la nuit résonnait encore de leurs respirations anarchiques. Il chercha du bout des doigts le visage de Lena et quand il le trouva, il le caressa en soufflant : « Mon cœur…va éclater, j'ai l'impression !

— Moi aussi… On a plus l'âge…pour ça !

— Oh que si !

— Tu plaisantes ? À ce rythme, tu vas m'envoyer à l'hôpital, je ne suis pas sportive moi ! ». Ils partagèrent un petit rire en se rapprochant l'un de l'autre et quand elle nicha son visage dans le cou de Gerald, il murmura : « Tu vas le devenir, j'en suis convaincu… ». Elle soupira pour toute réponse et ils s'endormirent ainsi peu après…

Lena fut la première à s'éveiller. Il était sept heures à peine et c'est le poids du bras de son amant sur sa poitrine qui avait troublé son sommeil. Le genre de chose dont elle avait perdu l'habitude. Un soleil éclatant brillait déjà au-dehors et commençait à éclairer vivement la pièce. Pendant quelques secondes, elle se prit à admirer le visage détendu de Gerald qui dormait encore profondément. Ses longs cils bruns, l'angle viril de sa mâchoire et sa chevelure éparpillées en soleil sur l'oreiller. Tellement parfait songea-t-elle… Trop parfait. Elle se contorsionna souplement pour quitter le lit sans l'éveiller et enfila un peignoir trouvé sur un fauteuil. Elle eut encore un regard vers son amant avant de se diriger vers la porte fenêtre pour regarder le ciel. Bleu, sans le moindre nuage, encore une belle journée en perspective. Puis son regard erra sur le jardin et l'envie lui prit d'aller respirer l'air du matin. Elle ouvrit précautionneusement la porte coulissante et sortit sans bruit. Sentir l'herbe fraîche sous ses pieds nus était un de ces petits bonheurs dont elle ne se lassait jamais. Elle découvrit, sans surprise, que le jardin était à l'image de la décoration de la maison, extrêmement sobre et linéaire. Pas le moindre buisson de fleurs ou la moindre rocaille. Quelques thuyas taillés en cubes ou en triangle et une pelouse impeccablement tondue. Elle avait souvent espéré avoir un jardin un jour et il n'aurait certainement pas ressemblé à cela. En contournant un angle de la maison, elle se retrouva devant le dernier élément manquant à cette parfaite villa cossue : une piscine. Elle émit un profond soupir qui tenait à la fois à de la déception et de la résignation. La voix de Gerald derrière elle la fit sursauter : « Bonjour… ». Sous le coup de la surprise, son cœur s'était mis à bringuebaler : « Ah mais tu m'as fait peur !

— Désolé… ». Il avait enfilé un tee-shirt et un bas de pyjama en imprimé écossais mais était pieds nus lui aussi. Il vint la prendre dans ses bras et mit son nez dans ses cheveux en soupirant d'aise. Il était encore embrumé par le sommeil en disant : « J'ai cru que tu avais pris la fuite et puis j'ai trouvé ta robe par terre…

— Je ne suis pas ce genre de personne. Je ne fuis jamais. Jamais sans dire au revoir.

— Je suis bien content de te l'entendre dire. ». Il prit son visage entre ses mains pour l'embrasser doucement avant de dire : « Est-ce que le jardin te plaît au moins ? ». Comme elle réprimait un sourire, il la prit par les épaules pour l'inviter à rentrer en soupirant : « Ok, je vois… ». Quand ils entrèrent dans la cuisine, le plan de travail en marbre noir attira l'œil de Lena. Tout était ultra moderne là aussi. Ultra aligné, ultra contrôlé et ultra froid. En s'asseyant sur un des hauts tabourets pendant que Gerald leur servait un café, elle demanda : «

72

Il y a quand même un décalage étrange entre ta maison et ta personnalité… Enfin, pour le peu que j'en connais.

— Explique…

— Je ne sais pas, tu me parais être quelqu'un de doux, généreux et… passionné. Et chez toi tout est froid, fade, géométrique.

— Je n'ai rien décoré moi-même ici, je te l'ai dit.

— Oui j'ai compris mais pourquoi tu n'as pas ajouté de touche personnelle au fil du temps ?

— Tu veux la vérité ?

— Évidemment.

— Je ne vis quasiment pas ici. ». Il avait un vague sourire alors qu'elle lui adressait un regard perplexe, sourcils froncés. En souriant franchement, il se leva et pris son bras : « Je vais te montrer où je passe la majorité de mon temps. Viens. ». Elle le suivit, sa tasse à la main, sans trop comprendre, et au bout du couloir de l'entrée, il ouvrit une porte sur une pièce plongée dans le noir. Quand il alluma la lumière, elle comprit. C'était un garage immense où trois voitures à moitié bâchées étaient alignées, capots levés. Il appuya sur un interrupteur, la porte électrique du garage amorça sa remontée. En entrant dans la pièce, Lena découvrit un désordre qui la rassura inexplicablement. Des outils de toutes sortes éparpillés dans tous les coins, plusieurs établis et d'autres machines qu'elle ne pouvait identifier. Sur une petite table bancale, un ordinateur portable et devant, un vieux fauteuil de bureau élimé. Aux murs, des plans de montages, des photos de voitures anciennes et quelques plaques émaillées antiques. Près de la large entrée du garage, un gros sac de frappe suspendu non loin d'un banc de musculation. Lena fit quelques pas entre les voitures puis lâcha : « Oui… voilà. Ça c'est toi. Enfin, celui que j'imagine. ». Ils échangèrent un sourire complice quand une image frappa l'esprit de la dessinatrice. Elle s'approcha de son amant, s'éclaircit la voix pour demander : « Et donc… Tu l'as attrapée où la sœur de ton ex ? ». Surprit, il haussa les sourcils et bredouilla : « Non mais… ça on…

— Gerald… ». Elle avait un regard aussi insistant qu'inflexible. En se passant une main sur la bouche il ébaucha un geste vers un congélateur aligné contre un mur. Lena ne l'avait pas remarqué de prime abord. Elle demanda : « Sur le congélateur ? Hum ?

— À peu près oui…

— Il y a quoi dedans ?

— Rien. Il ne fonctionne même plus.

— Pourquoi tu l'as gardé alors ? ». Elle eut un regard étrange avant d'aller s'assoir dans le vieux fauteuil de bureau. Le regard de Gerald alla du congélateur à Lena à deux reprises. Il n'était pas certain de comprendre ce qu'elle semblait lui suggérer. Il n'eut pas le temps de la questionner qu'elle croisa les jambes en sirotant son café, dardant son regard sombre au-dessus de la tasse. Puis elle se leva tout à coup et dit en passant près de lui : « À la douche. ». Il acquiesça en souriant : « À vos ordres, chef. »…

Mais cette fois, il ne fut plus seulement question d'hygiène. Ils restèrent une demi-heure sous la douche et quand ils en sortirent enfin, Lena dit à son amant : « Si tu me dis que tu as besoin d'aller faire un peu de sport là, je t'assomme. ». Il secoua la tête en riant : « Absolument pas. Par contre, je commence à avoir faim. Si on allait manger dehors ? Un ami à moi tiens une sorte de guinguette au bord de la rivière, un très joli coin.

— Pourquoi pas ?

— Puis après on pourrait aller se promener sous le soleil et peut-être faire une petite sieste dans l'herbe…

— Euh… C'est tentant mais n'oublie pas que je dois encore récupérer ma voiture et…

— Ah oui, on devrait faire ça d'abord et la garer devant la maison pour…

— Gerald… Tu es conscient que je vais rentrer chez moi à un moment n'est-ce pas ? ». Elle le jaugeait de son regard sombre, un sourcil levé. Il détourna le regard fugacement avant de lâcher : « Bien sûr, oui. Je sais. ». Il dissimulait mal sa contrariété. Lena posa une main caressante sur son torse pour lui dire : « On va déjà aller manger et ensuite, en fonction de l'heure, je verrais si on a le temps pour une balade, ok ?

— Ok. ». Elle eut l'impression qu'il venait de refermer quelque chose en lui. Il s'habilla rapidement et retourna à la salle de bain pour démêler et attacher ses cheveux. Restée seule dans la chambre, Lena n'eut qu'à remettre son soutien-gorge et sa robe et tiqua pendant un court instant en réalisant qu'elle allait devoir se promener sans culotte. L'idée n'était pas si choquante pour elle mais couplée au fait de porter les mêmes vêtements que la veille, elle se sentait soudain mal à l'aise. Quand Gerald réapparut à la porte de la chambre, il lui adressa un regard interrogateur : « Il y a un problème ?

— Non, c'est juste que… Non, rien d'important. ». Elle ramassa son petit sac et déposa un baiser sur la joue de son amant avant d'aller se recoiffer devant le miroir de la salle de bain, elle aussi. Gerald l'observa pendant une poignée de seconde puis se dirigea vers la cuisine. Là, il mit leurs deux tasses dans le lave-vaisselle et marqua une pause devant la machine. Il n'y avait que ces deux tasses à l'intérieur et cette image fit monter en lui une vague d'amertume fugace. Lena entra : « Je suis prête, on y va quand tu voudras.

— Très bien, allons-y maintenant alors, il y a presque une heure de route. ». Il s'efforça de lui sourire et ils quittèrent la maison. Dans la rue, quand Lena se retrouva devant la voiture de Gerald, elle ouvrit de grands yeux : un énorme 4x4 noir. Mais elle ne fit aucune réflexion, même quand elle s'enfonça dans le siège en cuir. Sans un regard pour elle, il démarra et prit la route. Lena sentait le malaise peser de plus en plus lourdement sur eux. Et quand ils passèrent à côté de sa vieille Austin mal garée près de la maison des parents de Marion, quelque chose lui piqua le cœur. Une tristesse mêlée d'agacement. Elle perdit son regard sur le paysage en songeant que la journée prenait une tournure de plus en plus pénible. Mais elle se refusait à tout arrêter brutalement. Elle aurait pu lui faire arrêter la voiture et retourner à la sienne à pieds, oui elle aurait pu faire cela. Elle avait envie de le faire. Elle allait le faire quand il lui dit de sa voix si grave : « C'est vraiment un très joli coin, tu verras. Un peu loin mais ça vaut le déplacement. Et puis mon ami est super accueillant… ». Comme elle ne répondait pas, il demanda : « Lena ?

— Hein ? Oui, j'ai entendu… Et la cuisine est bonne ? Je meurs de faim.

— Excellente. ». Jouer la comédie, elle savait faire. Même si cela la rendait malade intérieurement. Elle bascula la tête en arrière et fit mine de somnoler, mais sous son crâne se télescopaient mille pensées contradictoires. Des images de la nuit, de tout ce plaisir, ce bonheur charnel. Et des questions sans réponses. Est-ce que Gerald avait sérieusement pensé qu'elle resterait plus d'une nuit chez lui ? Était-il si sûr de son charme pour en être persuadé ? Ou bien était-il vraiment ce cœur d'artichaut qu'il lui avait décrit ? Le genre d'homme qui tombe amoureux, point barre. Ça existe vraiment ce genre d'homme ? Lena réalisa qu'elle n'avait pas été assez claire dès le début avec lui. Mais était-elle seulement au clair avec ses propres désirs ? Une migraine s'infiltrait lentement sous son crâne. Ils roulaient depuis vingt minutes sur l'autoroute et le moral de la dessinatrice se dégradait progressivement. Le regard fixé sur un paysage qu'elle ne voyait plus, le contact de la main de Gerald sur la sienne la fit sursauter. En tournant la tête, elle vit ses yeux clairs la regardant avec douceur. Il demanda, presque à mi-voix : « Qu'est-ce qui ne va pas ? Tu es ailleurs. Très loin j'ai l'impression. ». Elle hésita un peu avant de choisir de lui répondre franchement : « Je crois qu'il y a des choses dont on aurait dû parler avant de… faire quoi que ce soit.

— Comme ?

— De ce qu'on pouvait attendre l'un de l'autre.

— Oh…

— J'ai un peu peur de te décevoir Gerald. ». Le regard à nouveau sur la route, il eut une petite crispation à la mâchoire avant de dire : « Je crois que je sais ce que tu essaies de me dire.

— Ah oui ?

— Oui. Tu vas me dire que tu ne cherches pas de relation sérieuse… Que tu ne veux que prendre le bon côté sans les inconvénients, le genre de choses qu'on dit les lendemains de… nuits comme celle-ci. ». Il ne dissimulait même plus son amertume. Elle se sentait vaguement blessée sans trop savoir pourquoi et lui dit : « Non. Ce n'est pas ce que j'allais dire.

— Je t'écoute dans ce cas…

— J'allais te dire que oui, moi aussi je voulais quelque chose de sérieux mais…

— Le fameux "mais" !

— Ne joue pas à ça avec moi s'il te plaît. ». Elle se pencha un peu pour lui adresser un regard noir et il ne put le soutenir. Elle poursuivi, en contrôlant sa nervosité : « Écoute, c'est simple. Il n'y a pas de raison que ça ne marche pas entre nous : tu veux du sérieux et moi aussi. Mais je refuse qu'on décide à ma place. J'ai vécu ça. Trop longtemps. Alors si ce qui se passe entre nous est sérieux pour toi, tu accepteras de me laisser le temps de me faire à l'idée de me lancer dans quelque chose d'aussi important. Quand je m'engage dans quelque chose, c'est totalement Gerald, tu dois le savoir. Et ça n'a pas que des bons côtés, je te le garanti. Ni pour moi, ni pour l'autre.

— Donc tu veux du temps. D'accord. Combien de temps ? Et comment ?

— Mais je ne sais pas, je n'y ai pas réfléchi. Je croyais que tu…

— Que je quoi Lena ?

— Que ce matin, on prendrait un café et que tu me ramènerais à ma voiture en me laissant ton numéro… ». Il la dévisagea pendant un court instant, lèvres pincées puis il souffla : « Et ça t'aurait suffi ?

— Comment ça ?

— Tu n'aurais pas eu l'impression que j'avais profité de la situation ? Que je n'étais qu'un de ces connards qui ne s'intéressaient qu'à ton cul ? ». Il fulminait tout à coup et se rabattit sur la file de droite. Il gara le 4X4 assez brutalement sur la première aire d'autoroute, coupa le contact, pris une inspiration profonde avant de se tourner vers Lena qui commençait à s'inquiéter : « Lena je… Tu voulais qu'on soit honnêtes dès le début et je t'ai dit ce qu'il en était me concernant. Tu te rappelles ? La vieille école, Charles Ingalls…

— Bien sûr mais même Charles Ingalls, il n'a pas rencontré Caroline, embrassée, mise dans son lit et épousée en moins de 24 heures Gerald ! ». Il se figea et un sourire vint flotter sur sa bouche. Il laissa tomber sa tête contre le volant en soupirant : « 24 heures… c'est vrai. Je suis un con. ». Lena détacha sa ceinture pour s'approcher de lui et caresser son dos : « Non tu n'es pas un con. Tu es comme moi, tu as perdu l'habitude de tous ces processus de séduction, c'est tout. Et je crois que je sais pourquoi tu es chamboulé…

— Ah oui ?

— Je crois que c'est parce que sexuellement… charnellement, ça fonctionne un peu trop bien entre nous. ». Comme elle lui souriait, il se redressa en disant : « Il n'y a pas que ça… Quitte à tout mettre à plat, je peux bien tout te dire… Quand je t'ai rencontrée il y a dix jours chez Raphaël, il s'est passé quelque chose. Un truc d'ado qui s'est réveillé et… J'ai pensé à toi tous les jours jusqu'à hier. Tu m'as littéralement hanté, même quand je travaillais. Je ne dois pas être net, je suis désolé si ce que je te dis te mets mal à l'aise mais… J'ai l'impression de perdre totalement les pédales. ». Lena réprima un sourire en pensant à tous ces dessins de lui qu'elle avait fait chaque soir de la semaine passée. Elle réalisa qu'il était bien plus conscient des choses qu'elle. Elle se laissa aller sur le siège cuir, soupira profondément en laissant errer son regard au hasard avant de dire : « Non. Tu ne perds pas les pédales. J'ai pensé à toi tous les jours moi aussi. Et toutes les nuits. Je t'ai dessiné sous tous les angles possibles, même ceux que je ne connaissais pas. Et que je connais maintenant. C'est toi qui a raison. Il se passe un truc. Et ça me terrifie. Je ne suis pas sûre d'être prête pour ça… Prendre du bon temps ok mais après… La suite sous-entend de tout envoyer valser pour recommencer à construire quelque chose. ». Elle baissa les yeux sur ses mains, l'émotion lui serrait la gorge. Il se pencha vers elle pour prendre son visage en coupe entre ses grandes mains : « Alors écoute-moi bien. Je suis un con d'avoir paniqué sans penser que pour toi, ce n'était pas aussi simple. Donc on va simplifier les choses et on va continuer de jouer franc-jeu ok ? ». Elle opina du chef, il déposa un petit baiser sur sa bouche et ajouta : « Dis-moi comment va s'organiser ton temps de réflexion ?

— J'en sais rien… Comme les autres gens font, on se voit mais on reste chacun chez soi et… C'est affreux, en le disant, je trouve ça pathétique.

— Moi aussi. Et je t'avoue que l'idée de te voir dans un temps imparti limité me scie les nerfs d'avance.

— Très bien… Je crois que ce n'est pas ce qu'il nous faut. Et si on… Attends, on est dimanche aujourd'hui ?

— Oui.

— Si on… Si on disait qu'on se laisse une semaine de réflexion ? On ne se contacte pas pendant une semaine et on voit… Si on s'est manqués, si on est toujours hanté l'un par l'autre ?

— Une semaine !

— Gerald…

— Quand tu as parlé du moment où tu allais repartir, tu m'as manqué alors que tu étais encore là ! Une semaine !

— Gerald, tu vas travailler, ça passera vite et puis… tu feras du sport. ». Elle lui adressa un regard taquin et il ne put réprimer un sourire en secouant la tête. Puis il parut réfléchir et dit : « Très bien. Une semaine… putain ! Mais je te préviens qu'après… ». Son ton se radoucit quand il termina sa phrase : « Après, je ne veux plus m'endormir sans sentir ton corps contre le mien… ».

80

Elle se contorsionna pour aller s'assoir sur ses genoux et l'enlacer : « Après cette semaine… Tu viendras chez moi et je t'enchaînerai au lit. ». Il prit sa bouche dans un sourire et l'étreignit étroitement un long moment. Au sortir de ce baiser, il eut un air espiègle en disant : « Du coup, je suis désolé mais on va retourner chez moi. Si je dois me passer de toi pendant une autre semaine, il faut que je fasse des réserves. ». Elle pouffa de rire et il écarta une mèche de ses cheveux en ajoutant d'une voix un peu cassée : « Je suis sérieux Lena, me passer de toi… Je ne peux plus l'imaginer. ». Son regard était aussi profond que luisant. Elle appuya son front contre sa tempe grisonnante en murmurant : « Rien qu'une semaine Gerald. J'ai besoin d'y voir clair. » …

Sur la route du retour, ils firent une halte dans une supérette pour y acheter de quoi préparer un repas léger. Puis ils en firent une seconde pour que Lena récupère sa voiture qui avait tout d'un petit insecte à côté du 4x4 de Gerald. Dès qu'ils furent de retour à la maison, ils s'attelèrent à la préparation d'une salade. Lena insista pour pique-niquer sur la pelouse et alors qu'ils picoraient au soleil, son amant lui dit : « Tu as vu cette grande table là-bas ? Avec toutes ces chaises ?

— Oui, et ?

— Non rien.

— À table, on ne peut pas faire ça. ». Elle vint s'étendre sur lui pour lui mettre une tomate cerise dans la bouche. Il laissa ses mains vagabonder sur elle et envisageait déjà d'aller plus loin quand des éclats de voix tout proches le stoppèrent net. Lena se redressa et aperçut le haut du crâne d'un homme de l'autre côté de la haie. Gerald chuchota : « Martin, mon voisin. Ne bouge pas, avec un peu de chance, il va s'en aller. ». Elle se laissa aller sur lui, le visage dans son cou, son nez frôlant son oreille. Il se détendit et se mit à fourrager doucement dans ses cheveux. Son regard perdu dans le ciel d'un bleu absolu, il eut soudain un sentiment de plénitude intense, comme si plus rien n'existait à part ce qu'il ressentait. Le poids du corps alangui de Lena sur le sien, le contact soyeux de ses cheveux, le parfum sucré de sa peau. Et la sensation de tenir quelque chose de précieux entre ses bras. Quelque chose de lumineux et volatile. L'impression d'avoir quinze ans, comme si son apparition dans sa vie avait effacé tout le reste. Il sentit à sa respiration qu'elle s'endormait et ne bougea pas d'un cil. Il voulait qu'elle s'endorme là, contre lui et qu'elle y reste le plus longtemps possible. Une heure, un jour, une semaine. Cette semaine.

Lena dormit près d'une heure sur la pelouse à l'ombre de la haie. Elle avait fini par glisser dans l'herbe et s'étendre sur le dos quand le sommeil s'était fait plus profond. Gerald était resté longtemps étendu à côté d'elle à la regarder, l'image paisible qu'elle lui renvoyait l'avait aidé à mettre de l'ordre dans ses idées. Depuis leur rencontre, il s'était laissé envahir par ses émotions. Lui qui avait toujours été de ces hommes bien ancrés dans la réalité, il s'était soudain mis à imaginer que tout pouvait être magique. Quand cette femme à la beauté envoûtante s'était intéressée à lui, quand il avait sondé la profondeur de son regard sombre. Quand il s'était offert à la profondeur de ces ténèbres incandescentes. Terre brûlée. Ses certitudes tièdes s'y étaient consumées. Une seule chose demeurait. La conviction que si elle sortait de sa vie, il ne croirait plus en rien. Il avait pourtant été marié deux fois auparavant. Deux fois où il s'était cru sincèrement amoureux. Mais cela n'avait rien de comparable. Sans doute parce qu'il avait vieilli et qu'il y avait en lui une forme d'urgence. Une urgence à partager tout ce qu'il portait en lui avant que l'âge lui prenne ses dernières forces et ses derniers espoirs. Lena était apparue. Une lumière nouvelle, inconnue, et un élan monstrueux, un bond en avant vers le risque le plus effrayant, celui d'être rejeté. Mais elle ne l'avait pas fait. Elle lui avait ouvert les bras et il s'était abreuvé à sa lumière. Lena, entière et fragile. Sensuelle et sauvage. Spirituelle et instinctive. Aussi simple que compliquée. Lena parfaite pour lui... Lena l'éclair qui l'avait foudroyé. Il ne put réprimer un sourire en pensant à cette expression tellement galvaudée et naïve : « le coup de foudre ». Il aurait certainement été le premier à se moquer de quiconque lui aurait servi cette idée. Mais en la regardant, endormie sur l'herbe, la tête posée sur ses bras repliés. Le visage à moitié recouvert par ses longs cheveux bruns, le corps alangui et la respiration tranquille... Il ressentait une telle oppression sur son cœur qu'il n'avait plus envie d'en rire. Il se leva, débarrassa silencieusement les restes de leur pique-nique et chercha à s'occuper machinalement alors que son esprit tournait au ralenti. Les choses prenaient leur place, la mécanique frémissait. Il attendrait une semaine. Sagement. Il ferait exactement ce qu'elle attendait de lui. Et s'il fallait attendre pour parler d'amour. Il attendrait aussi...

Une pie s'égosilla dans les buissons et Lena ouvrit brusquement les yeux. La lumière ambiante lui vrilla le crâne, elle s'assit mollement en se frottant les yeux. Il lui fallut quelques secondes pour y voir clair et constater qu'elle était seule dans le jardin. Elle se leva, épousseta sa robe et marcha un peu au hasard vers la maison en cherchant Gerald du regard. Elle traversa la cuisine et le trouva planté au milieu du salon, bras croisés, il semblait observer fixement un des seuls tableaux de la pièce. Un dessin géométrique rouge sur fond blanc, comme tracé au rouleau à peinture. Elle toussota discrètement en s'approchant et il sursauta presque. Il se retourna, elle fut soulagée de le trouver souriant. Il lui tendit aussitôt les bras, elle s'y réfugia en soupirant d'aise. Il dit : « Tu as raison pour la déco. Elle est vraiment…à chier. ». Elle pouffa de rire en posant son visage contre son torse, la sensation de chaleur à travers le tissu du tee-shirt lui tira un frisson irrépressible. Il frictionna doucement ses bras nus en déposant un petit baiser sur sa bouche. Il la surprit en demandant doucement : « Vers quelle heure comptais-tu repartir ? ». Elle hésita à répondre mais il lui apparut qu'il abordait le sujet de manière apaisée : « Vers 17 ou 18 heures. J'ai trois estomacs sur pattes qui m'attendent et je dois vérifier mes mails. Je suis en pleine tractations pour un projet et je pense que je dois avoir une réponse dans ma messagerie…

— Ok… ». Elle le sonda brièvement du regard, il eut un sourire de biais en disant : « Quoi ? On a dit une semaine, pas vrai ?

— Oui…

— Tu as raison. Il faut laisser retomber un peu la pression. Je crois que j'étais un peu trop en manque et je suis parti en vrille. ». Elle fit glisser ses deux mains dans sa barbe en le regardant dans les yeux avant de murmurer : « Tu sais… Je suis plutôt brouillon dans la vie. Mais là, je veux faire les choses correctement.

— Moi aussi. Mais pour le coup, c'est l'inverse pour moi… Je suis quelqu'un de posé en principe. Appliqué et patient même. Et toi… ». Il écarta du bout des doigts une mèche de son front en soupirant : « Toi tu me fais perdre tous mes repères. ». Elle enfouit son visage sous sa barbe en enroulant ses bras autour de son cou, il l'étreignit étroitement en respirant ses cheveux. Il avait eu beau avoir eu des paroles sages et raisonnées, sa respiration était légèrement oppressée. Le risque existait. Celui qu'à l'issue de cette semaine, Lena ne se réfugie plus jamais dans ses bras ainsi… Une idée lui traversa l'esprit et il s'écarta un peu pour attraper une télécommande. Il marmonna : « Alors… play…Numéro 13… Non, 16. ». Lena le regarda de biais et il souffla : « Ne bouge pas. ». La musique sembla jaillir de toutes les directions en même temps, douce, lente, chaloupée. Puis la voix caressante du chanteur. Lena reposa son front contre le torse de son amant en souriant. Ils se laissèrent porter par le rythme lent pour une danse qui hésiterait entre le bercement et l'étreinte. Il fit remonter sa main du bras au visage de sa maîtresse, s'attardant dans son cou jusqu'à ce le bout de ses doigts redessine les contours de son oreille. Elle ferma les yeux en respirant profondément sa peau dans son cou. Elle y posa sa bouche sans l'embrasser, juste pour imprimer son grain dans sa mémoire. Elle caressait distraitement sa taille large en remontant au long de son dos musculeux avec la sensation d'étreindre une force en sommeil. Les yeux mi-clos, elle releva la tête pour chercher sa bouche et la trouva instantanément. Effleurements de velours immédiatement suivi de la jonction agile de leurs langues. Il la serra plus étroitement contre lui et ses mains suivirent les courbes de son bassin pour se rejoindre sur ses fesses. Quand il se mit à les caresser, elle planta légèrement ses ongles dans son dos. Il se raidit en entrouvrant les yeux avant de murmurer contre sa bouche : « Je crois que j'adore ça…quand tu me fais mal. ». Dans un sourire, elle enfonça un peu plus ses griffes. Il eut un rictus avant de dire : « Tu vas t'attirer des ennuis petite…

— Je croyais que tu aimais ça ?

— Justement. ». Il la souleva brusquement avec ce regard de prédateur qui suffit à mettre le feu au ventre de Lena. Il fit quelques pas et la posa assise sur la longue table de verre et d'acier. En reprenant sa bouche, il releva sa robe pour glisser ses mains en dessous, sur ses cuisses ouvertes. De son côté, elle lui ôta son tee-shirt pour embrasser avidement sa peau, passer sa langue sur ses tétons déjà dressés. En respirant de plus en plus profondément, il empoigna sa chevelure à deux mains pour l'inciter à lui faire face et reprendre sa bouche goulûment. Lena n'était plus que frissons, tout son corps appelait celui de son amant. Il savait désormais vers quoi il tendait, quel plaisir pouvait lui donner l'autre. En tenant toujours ses cheveux d'une main, Gerald fit basculer sa maîtresse en arrière pour l'étendre sur la table. Au contact froid du verre, elle se cambra alors que la bouche de son amant courrait sur sa poitrine gonflée par le désir. Elle détacha son soutien-gorge d'un geste rapide et à la libération de ses seins, Gerald s'en empara pour les caresser et les malaxer doucement. Puis il ramena son bassin au plus près du sien en la faisant glisser sur le verre épais. Il caressa son sexe embrasé délicatement du dos des doigts comme s'il eut s'agit d'un oiseau fragile. Elle frissonna encore et sa peau se couvrit d'une chair de poule électrique. Comme il posait l'autre main sur son visage et caressait sa bouche du pouce, elle entrouvrit les lèvres et le toucha du bout de la langue. Il respirait par à-coups en la regardant, le regard presque brouillé par l'excitation. Et quand elle prit son doigt dans sa bouche pour le sucer, le regard brûlant

86

qu'elle lui adressa lui tira un rictus presque douloureux. Elle enroula ses jambes autour de son bassin alors qu'il glissait ses doigts au cœur même de l'incendie qui la ravageait. Il la surprit en repoussant ses jambes pour les maintenir écartées. Il eut encore cette expression de prédateur en s'inclinant pour embrasser l'intérieur des cuisses de sa maîtresse. Devinant ses intentions, elle se cambra davantage, tout son corps tendu dans l'attente du plaisir. Et au premier contact de sa bouche sur son sexe, elle ne put retenir un gémissement plaintif. Il y déposa une pluie de baisers avant qu'elle ne sente la pointe de sa langue remonter au long de ses lèvres jusqu'à dénicher son clitoris où il l'attendait. Et chaque mouvement ferme et délicat de sa langue envoya des ondes de plaisir presque trop intenses à travers le corps de Lena. Elle respirait de façon anarchique, réprimant mal des gémissements profonds. D'autant plus quand la langue de son amant l'explora plus profondément alors qu'il la tenait fermement par les fesses. Lena perdait pied, ne retenant même plus ni râles profonds ni gémissements plaintifs. En sentant qu'elle ne tarderait plus à jouir, elle supplia : « Arrête… Arrête, viens ! Je veux te sentir en moi ! ». Il remonta au long de son corps frémissant en s'y traçant un chemin de baisers et de caresses du bout de la langue. Et quand elle sentit la raideur de son sexe contre le sien, elle se redressa, s'en saisit et s'y empala presque sauvagement. Il gémit à son tour, autant de surprise que de plaisir. Et au regard incandescent qu'elle leva vers lui, il comprit qu'il aurait bientôt d'autres stigmates au sortir de cette étreinte. Il la saisit fermement par le cou pour l'embrasser tandis qu'il amorçait un pilonnage en règles de ses tréfonds incendiés. Elle s'accrocha à ses bras alors qu'il mordait doucement son épaule. Il sentit ses ongles lui labourer brièvement le bras et lui dit à l'oreille entre deux coups de reins : « Mon petit chat sauvage… Tu peux y aller… Je te tiens… Tu es à moi… ». Le regard qu'elle lui adressa alors ne l'excita que davantage. Une lubricité sans nom qui l'incita à redoubler d'ardeur même si, ce faisant, il se mettait lui-même à la torture. Il fit durer ce moment, ralentissant l'allure quand il se sentais au bord de l'abandon et reprenant plus énergiquement juste après. Lena se contorsionnait en respirant profondément, totalement possédée par son amant. En sentant l'explosion de plaisir qui allait la foudroyer, elle s'affaissa et s'étendit à nouveau sur la table. Mais cette fois, elle ne perçut pas le contact glacé du verre, tout son corps était en fusion. Elle s'abandonna à la puissance de l'orgasme qui tendit tout son corps tel un arc dans un ultime gémissement proche du cri. Gerald ne put résister à la vision qu'elle lui offrait et vint à son tour, l'instant suivant… Lena eut un court moment de flottement en recherchant son souffle. La grande main se posant sur son ventre la fit presque sursauter tant sa peau était comme électrisée. Elle s'en saisit aussitôt pour en embrasser la paume, le souffle encore court. Son amant la ramena contre son torse et en y posant son visage, elle perçut les battements affolés de son cœur. Elle ne put s'empêcher de soupirer en caressant son ventre : « Oh Gerald… Tu es trop parfait… ». Il sourit en la serrant contre lui avec seulement deux mots en tête : une. Semaine….

Il était plus de 17 heures 30 quand Lena monta dans sa voiture. Gerald lui donna un dernier baiser en passant la tête par la fenêtre de la portière, s'y cognant au passage. Elle le repoussa doucement en disant dans un sourire : « Allez, rentre, je ne veux pas te voir sur le trottoir dans mon rétroviseur. C'est trop triste alors que…

-Ok, ok… Fais attention sur la route. Je ne sais pas comment cette voiture peut encore rouler déjà !

- Ne te moque pas ! Elle m'a trimbalée partout !

- Très bien… À bientôt alors ?

- A la semaine prochaine…

- Oui, à la semaine prochaine Lena… ». Il fronça les sourcils en s'efforçant de sourire. Elle en fit autant et le gratifia d'un petit clin d'œil en démarrant son Austin. Elle prit la route sans oser regarder dans le rétroviseur. Soudain tendue à l'extrême, la poitrine opprimée. Au premier stop où elle s'arrêta, elle soupira profondément et appuya son front contre le volant en fermant les yeux. Le tourbillon de sensations et de sentiments que lui causait Gerald la terrifiait. Tout cela n'était pas normal. Se remettre dans la course avait dit Marion. Mais il ne s'agissait plus de cela. Des images sulfureuses lui passèrent en tête, elle soupira derechef. Oui, le sexe avec lui dépassait tout ce qu'elle aurait pu espérer mais ça ne faisait pas tout. Oui, elle pouvait parler avec lui à cœur ouvert, mais ça ne pouvait pas être suffisant. Oui, il voulait construire quelque chose de sérieux et pas uniquement prendre du bon temps mais, elle, le voulait-elle vraiment ? Elle resta de longues minutes arrêtée à ce stop au milieu du village. Puis tout à coup, un prénom vint tinter en son esprit : Sophie. Il fallait qu'elle en parle avec Sophie, sa meilleure amie qui avait toujours une vision tellement pragmatique des choses. Elle reprit la route jusque chez elle en imaginant déjà ce qu'elle allait raconter à son amie. Retenant les points importants comme si elle les prenait en notes dans un coin de sa tête…

Dès qu'elle se retrouva dans son petit appartement, Lena respira mieux. Ses tableaux, ses babioles et ses curiosités colorées la replongèrent dans une réalité plus confortable émotionnellement. Et le concert de miaulements de ses chats lui tira un sourire alors qu'elle les nourrissait. La première chose qu'elle fit ensuite fut de mettre un slip et de se changer. Puis elle s'attacha les cheveux en chignon et s'installa à sa table à dessin, mais pas pour y travailler. Elle prit son téléphone et composa aussitôt le numéro de Sophie. En tombant sur sa messagerie, elle soupira mais ne s'inquiéta guère outre mesure et lui laissa le message suivant : « Ma biche, on en a souvent parlé mais ça y est : je suis dans la merde. Rappelle-moi quand tu seras dispo assez longtemps pour démêler ce sac de nœud qui me sert de cerveau. Bisous. ». La formule avait beau être rude, c'était comme un code entre elles : je suis dans la merde. Cela signifiait qu'un homme différent des autres venait d'entrer dans la vie de l'une ou de l'autre. C'était cependant plus souvent dans celle de Sophie qui s'entichait régulièrement d'hommes plutôt particuliers. Elle en ressortait souvent brisée mais jamais très longtemps. Faire contre mauvaise fortune bon cœur était devenu son credo. Et dès qu'elle eut reçu le message de Lena, elle rappela, à peine une heure plus tard : « Est-ce que j'ai bien compris ton message Lena ?

— Bonjour ma So d'abord…

— Oui, bonjour, mais c'est vrai ? Il y a enfin un élu ? ». Lena rit brièvement et Sophie dit aussitôt : « Misère ! Oui ! Ce petit rire niais ! Tu es vraiment dans la merde ! Comment elle s'appelle la Licorne ? Parce qu'il faut au moins que ce soit un animal extraordinaire pour trouver grâce à tes yeux !

— Il s'appelle Gerald.

— Et ? Mais développe bon sang !!

— Ah euh… Un mètre quatre-vingt-dix pour cent dix kilos à vue de nez.

— Belle bête !

— Et belle gueule aussi. Yeux bleu clair, barbe et cheveux poivre et sel, longs et fournis.

— T'as rencontré Sean Connery en fait ? ». Nouvel éclat de rire de Lena avant qu'elle puisse dire : « Voix grave, bouche dessinée pour embrasser…

— Arrête, tu dégoulines, je vais vomir ! Il fait quoi dans la vie ?

— Il tient un garage. Un truc classe de restauration de voitures anciennes.

— Bien. Il doit avoir notre âge du coup non ?

— Oui, 46 ans.

— Bien conservé ?

— Mieux que ça, un corps de dieu grec, c'est un sportif.

— Ok, où est le souci alors ? Il est pas doué pour la gym au sol ton sportif ?

— Holà que si ! Et le souci est peut-être là justement.

— Comment ça ?

— Je sais que tu vas me dire que ça fait longtemps que je n'ai pas…pratiqué mais… Avec lui c'est… je ne sais pas comment te décrire ça… Il me… On est complètement en phase quoi !

— Oh merde… Il t'a fait jouir ce con. ». Lena éclata franchement de rire et son amie finit par en faire autant à l'autre bout du fil. Quand elle reprit son souffle la dessinatrice dit : « Et pas qu'une fois !

— C'est tout frais on dirait non ?

— Oui, on a passé la nuit de samedi ensemble, je rentre à peine de chez lui…

— Et donc vous avez forniqué comme des castors depuis samedi…

— On peut dire ça je crois.

— C'est une machine de guerre ton garagiste ! ». Elles partagèrent encore un petit rire et Sophie prit une profonde inspiration avant de dire d'un ton radouci : « Lena… Où est le problème ? Il est beau et il te fait du bien, qu'est-ce qui cloche ?

— En fait, je ne pensais pas passer la nuit et la journée chez lui et… Il a déjà commencé à me dire qu'il voulait quelque chose de sérieux, pas juste prendre du bon temps…

— Et ?

— Je ne suis pas certaine d'être prête pour ça. ». Sophie surprit Lena en se mettant à rire de plus en plus fort. Elle dut hausser le ton pour se faire entendre quand elle demanda : « Mais quoi ?! Qu'est-ce qu'il y a de drôle là-dedans ?

— Mais enfin Lena ! Tu te fous de moi ou quoi ?

— Quoi ?

— Toi, tu pensais "juste prendre du bon temps" ? Sérieusement ? Tu t'entends ?

— Et bien quoi ? Je n'y ai pas droit ?

— Non mais on se connaît depuis 25 ans ma biche ! Tu n'as jamais fait ce genre de choses ! Toi, tu tombes amoureuse, point barre, et c'est pour la vie ! Un peu comme une espèce de…

— …Caroline Ingalls…

— OUI ! Exactement. ». Lena avait prononcé ces mots dans un soupir. Elle appuya son front dans sa main comme écrasée par l'évidence. De son côté, son amie sentit que le ton de sa voix avait changé. Sophie demanda : « Lena ? Dis-moi ce qui cloche vraiment. Il n'est pas intéressant ou… gentil cet homme ?

— Il est adorable. Totalement parfait.

— Et ? C'est ça qui te fait peur ? Tu recommences à te dévaloriser comme tu le faisais avec ton ex ?

— Peut-être… Je ne sais pas trop. Je suis perdue je crois. Trop d'émotions d'un coup.

— Ça doit être ça mais laisse-moi te dire une bonne chose : si ce type est une licorne, en selle ma belle ! Tu as envie de finir toute racornie au milieu de tes chats qui puent ?

— Mes chats ne puent pas ! Non mais So… Je suis flippée.

— Ça c'est normal. Pour mon cas personnel, quand je suis flippée, c'est que c'est bon signe. Ça veut dire que je vais droit dans le mur mais bon sang, le voyage en vaut toujours la peine ! Plus sérieusement… Rappelle-toi juste ces dernières années où tu te trainais aux basques d'un mari qui ne te touchait même plus. Toutes les conneries qu'il t'a racontées, la façon dont il dévalorisait ton travail, ta passion. Il en dit quoi le garagiste de ton boulot ?

— Il dit que…je suis une artiste.

— EPOUSE-LE BORDEL ! ». Elles se remirent à rire ensemble. Et en reprenant son souffle Lena lâcha : « Non mais sérieusement… Je lui ai demandé d'attendre une semaine pour y voir clair. Je voulais aussi lui laisser une porte de sortie à lui…

— Mais…mais tu es malade ou quoi ? Après la première nuit tu… Tu ne t'es pas dit que tu prenais le risque qu'il ne te rappelle pas ? Ou qu'une gueuse lui mette le grappin dessus pendant la semaine ?!

— Il est divorcé depuis deux ans lui aussi et il sort peu donc…

— C'est ton clone en mec quoi…

— Par certains côtés oui, ça aussi c'est effrayant.

— Oh bah oui, il y a de quoi avoir peur : un beau mec balaise, gentil, pas con, avec une bonne situation et qui sait se servir de sa…

— So ! Je suis sérieuse !

— Je sais, je plaisante mais franchement Lena… Tu pourras laisser passer autant de temps que tu veux, je te connais assez bien pour savoir que si tu es allé jusqu'à son lit, c'est que ce gars en vaut la peine. Tu n'as pas la confiance facile ma belle. Alors si celui-là a su te toucher, dans tous les sens du terme d'ailleurs, c'est qu'il vaut le coup que tu lui laisses une chance. Une vraie. Une grosse qui fait peur. Appelle-le et fais-lui sa fête ! C'est à toi que tu feras du bien !

— Non. On a dit pas de contact de la semaine.

— Mais bon sang ! Plus têtue que toi, il n'y a pas ! Ah tiens, une question ! Et réponds-y honnêtement !

— Je t'écoute.

— Il te manque ?

— …

— Lena ?

— …

— Ok j'ai ma réponse. Bon, écoute, je reprends mon service dans une heure et je n'ai pas encore pris de douche. Réfléchis bien à ce que je t'ai dit, ton histoire de break d'une semaine, c'est bon pour les vieux couples en fin de vie. Tu as perdu assez de temps à quémander de l'amour à un gros con de menteur, c'est à ton tour de profiter de la vie, saisis ta chance ! Je t'embrasse ma belle, tiens-moi au courant et envoie-moi une photo de Sean Connery, que je bave !

— Je t'embrasse aussi ma biche. ». En reposant le téléphone sur sa table de travail, Lena avait un vague sourire. Indy vint se frotter contre ses jambes et elle le prit machinalement dans ses bras. En frottant son visage contre la fourrure de son chat, elle laissa ses pensées divaguer et elles la ramenèrent invariablement au sourire de Gerald. Son regard tantôt tendre, tantôt fiévreux… Elle déposa délicatement le chat sur la table et se remit à dessiner compulsivement. Gerald toujours. Son visage, son corps, ses expressions. Mais cette fois il n'était plus seul sur le papier. Et le corps de cette femme aux longs cheveux sombres s'accordait parfaitement à celui de son amant. Elle noircit une dizaine de feuillets avant de relever la tête pour constater, surprise, que la nuit était tombée depuis longtemps. Et en regardant ses dessins étalés autour d'elle, leur caractère ouvertement érotique, elle soupira : « Cette semaine va être très longue… ».

Dans sa messagerie électronique, elle trouva l'accord qu'elle attendait pour travailler sur un nouveau projet et un mail d'un de ses fils, Yvan : « Ma petite maman, je te rappelle qu'on mange ensemble mercredi. Beaucoup de boulot ces derniers temps, je vais avoir beaucoup à te raconter ! J'espère que tu vas bien, moi ça roule. Je t'embrasse, tu me manque. ». Le rendez-vous du lundi avec Yvan. Tous les quinze jours, sans faillir. Son fils avait toujours été un garçon discipliné et pointilleux, contrairement à sa mère. Rigoureux en tout, cela lui avait permis de suivre des études brillamment et de décrocher un poste de manager dans une chaîne de salle de sport. Il aurait certainement pu prétendre à une autre carrière mais à 23 ans, sa passion pour la musculation avait tout emporté. Jonas, son frère avait l'esprit un peu plus bohème. Il avait cependant suivi un cursus qui, même s'il fut en dents de scie, l'avait amené à devenir infirmier. Lena voyait ses fils régulièrement mais veillait à ne jamais être trop envahissante. Ils se retrouvaient quand ils en émettaient l'envie mais elle ne s'imposait jamais à l'improviste chez eux. Elle aimait les savoir indépendants et autonomes. Et même si comme toute mère, elle s'inquiétait parfois pour eux outre mesure, elle avait dépassé le cap du nid vide quand ils étaient partis de la maison. L'année d'après, le divorce avait été un séisme bien plus difficile à traverser. Même s'il n'avait pas été le pire traumatisme de sa vie…

En se mettant au lit, Lena emporta son téléphone portable et le tritura longuement. Elle fixa l'écran où le numéro de Gerald était affiché. Que pouvait-il bien faire en cet instant ? Était-il couché dans ce lit qu'il avait ravagé ou bien bricolait-il dans le garage ? Une migraine commença à enserrer le crâne de la dessinatrice. Elle jeta le téléphone au pied du lit et attrapa deux de ses chats pour les ramener contre elle en soupirant. Leur contact finit par l'apaiser, elle sombra assez vite dans un profond sommeil. Et elle dormit longtemps. En voyant onze heures affichés sur son réveil, elle dit à Indy qui ouvrait un œil hagard, vautré entre deux oreillers : « Une matinée de moins à voir passer… » … Puis elle se leva et retrouva machinalement tous les gestes rituels du matin. Café posé près de l'ordinateur, allumage de la machine, ouverture des réseaux sociaux et là, elle se figea en ouvrant de grands yeux surpris : 43 notifications sur FaceBook ! C'était la première fois. En consultant ces notifications elle découvrit que la plupart d'entre elles n'étaient le fait que d'un usager : Driven Corp. Et en jetant un œil à ce profil, son visage s'illumina d'un sourire attendri. C'était le compte du garage de Gerald. Il avait liké toutes les photos de profil où son visage apparaissait. Elle réalisa que ce faisant, il avait réussi à lui faire comprendre qu'il pensait à elle sans entrer en contact direct. Elle émit un petit rire alors que Freyja, la plus jeune de ses chats montait sur ses genoux. Elle caressa longuement sa fourrure blanche en disant : « Alors tu vois ma fille, ça… c'est très malin. Mais on a dit une semaine. ». Elle ne put s'empêcher cependant de chercher sur le profil de Driven Corp une photo où Gerald apparaissait pour la liker à son tour. Elle en trouva seulement trois et les copia pour les envoyer à Sophie. Quand cette dernière les eut reçues, elle répondit d'abord : « Appelle-le. Idiote. ». Puis, cinq minutes plus tard : « Sean Connery peut aller se rhabiller ! ». Lena se mit à rire puis se leva pour se lancer dans un grand rangement de l'appartement, ce qui lui prit une grande partie de la journée. Toutes fenêtres ouvertes, musique à fond, la dessinatrice débordait soudain d'énergie. Ou essayait-elle de combler l'attente en s'agitant en tous sens ? Reste qu'en fin de journée, quand elle se laissa tomber sur son canapé, elle était épuisée et son appartement nettoyé et rangé comme rarement auparavant. Ses chats, perturbés, n'avaient pas quitté son lit. Juste avant d'aller prendre une douche, elle reçut un sms de Marion : « Alors ? Tu me racontes quand ? ». Elle choisit de la faire mariner un peu et ne lui répondit que lorsqu'elle s'installa devant son ordinateur. Par Messenger, elle lui envoya : « Tu veux que je te raconte quoi au juste ? Tu étais tellement saoule que tu ne te rappelle de rien ? ». Marion était en ligne et répondit aussitôt : « Arrête, j'étais juste un peu gaie. Je me souviens très bien quand il t'a roulé la pelle du siècle ! Et je dois dire que ça a fait ma soirée ! Je savais que ça collerait entre vous ! ». Lena ne put s'empêcher de sourire au souvenir de ce premier baiser. Elle hésita puis répondit en riant sous cape : « Oui, tu avais raison. Et après la pelle du siècle, il y a eu la nuit du siècle. ». En réponse, Marion lui envoya d'abord plusieurs smileys hilares. Puis : « Ok. Donc ça roule ? ». Le sourire de Lena s'éteignit, elle tapa : « Je ne sais pas. On verra. ». Marion réagit aussitôt : « Quoi ? Y a un problème ? ». La dessinatrice soupira en écrivant : « Je ne vais pas me lancer à l'aveuglette. Tout le monde s'attend à ce que je fonce bille en tête : toi, So et… Gerald. Mais je veux faire les choses bien cette fois. ». Avant que Marion ne réponde, elle ajouta : « Et si une gueuse croise sa route et me le souffle, tant pis. C'est pas comme si je ne pouvais pas encore encaisser un autre malentendu. On en guéri. ». Là, son amie répondit longuement : « Alors là pardon mais tu te fourre le doigt dans l'œil jusqu'au coude ma grande ! J'ai vu son regard moi quand il a posé les yeux sur toi. Je ne le connais pas cet homme, mais ce regard-là était assez intense pour qu'il me donne le frisson alors qu'il ne m'était pas destiné ! Je suis prête à prendre les paris tout de suite qu'aucune nana ne trouvera grâce à ses yeux maintenant ! Surtout si vous avez fait des galipettes ! Vous en avez fait au moins ? ». Lena sourit à nouveau, réprima même un éclat de rire avant de pianoter : « Cinq je crois. Dont la première dans le jardin de tes parents. ». Marion envoya toute une ligne de smileys hilares suivis d'une dizaine de points d'exclamation. La dessinatrice ne put s'empêcher d'en rire cette fois. Puis son amie lui envoya : « Il cache bien son jeu le grand ténébreux ! Il faut que je passe te voir cette semaine pour que tu me raconte ça ! Là je dois coucher les petits. Je te fais des bisous, à très vite ! ». Lena répondit d'un smiley envoyant un baiser et se leva pour se préparer une tisane. Son ordinateur était resté allumée et la page Facebook ouverte. De sa cuisine, elle entendit le tintement annonçant une notification et ne broncha pas. Puis un autre tintement, et encore un autre. En versant l'eau chaude dans sa tasse, elle fronça les sourcils : « C'est quoi ça encore ? ». Puis elle s'empressa de retourner jeter un œil sur l'écran de l'ordinateur. Quatorze notifications, quinze, seize. Les tintements continuaient, le nombre grandissait. Elle ouvrit le menu déroulant et le simple fait de lire "Gerald Derivenn a réagi à votre photo" lui causa un vague frisson. Il s'était créé un profil. Elle s'empressa d'y jeter un œil et fut un peu déçu de ne pas y trouver de photo de lui. Elle réalisa que oui, son visage lui manquait. Son regard. Son sourire. Pendant une seconde, elle eut envie de lui envoyer un message. Juste pour avoir le plaisir de le voir y répondre. Mais quelque chose qu'il lui avait dit à propos de la parole donnée lui revint en tête. Ils s'étaient mis d'accord pour attendre une semaine, il fallait qu'elle s'y tienne. Pas de contact. Figée devant le profil quasiment vide de son amant, elle appuya sa bouche sur son poing en fermant fortement les yeux. Quand elle les rouvrit, elle vit qu'il avait posté un morceau de musique. Dès qu'elle cliqua dessus et que les premières notes se firent entendre, elle en eut la chair de poule. C'était la chanson sur laquelle ils avaient dansé dans son salon, juste avant de faire l'amour…

Gerald, assit dans son vieux fauteuil au milieu de son garage, gardait le regard fixé sur l'écran de son ordinateur portable en sirotant un café. Le même morceau de musique tournait en boucle, lancinant, chaloupé. Et sur l'écran, un des photos de Lena. Il sentait son cerveau comme engourdi, incapable de penser à autre chose qu'elle. Mais il n'en souffrait pas, voir son image lui suffisait pour patienter. Il était résolu. Résolu mais conscient d'être perturbé. Il tentait intérieurement de trouver des réponses à des questions qu'il ne s'était jamais posées auparavant : « Comment peut-on à ce point manquer de quelqu'un qu'on connaît à peine ? pensa-t-il. Est-ce qu'il y avait autre chose ? Quelque chose d'animal au-dessus de la conscience qui pousserait deux individus l'un vers l'autre ? C'est sûrement ça. Lena est faite pour moi. Au-delà de toute notion de communication verbale. Son corps, le mien. Un tout, instinctivement. L'alchimie. Comment expliquer ce que je ressens sinon ? C'est tellement violent, brutal…Bordel… Lena… ». Il s'appuya des coudes sur le bureau pour prendre sa tête entre ses mains en soufflant bruyamment. Il était capable de patienter oui. De le faire sans en souffrir, non. Sans lever les yeux vers l'écran, il le rabattit d'un geste las. Il avait ruminé toute la journée en n'arrivant pas à se concentrer sur son travail. Son ami et associé, Armand s'en était inquiété mais il avait prétexté un coup de fatigue. Il savait pertinemment qu'aucun homme de son âge ne pourrait comprendre son emballement sentimental. Même s'il sentait intuitivement que parler de Lena avec quelqu'un l'apaiserait sûrement… Quand il se mit au lit ce soir-là, tout comme la veille, il respira les draps et l'oreiller à la recherche de ce parfum sucré et légèrement ambré qui lui donnait le vertige. La deuxième nuit après Lena. Plus difficile à passer que les journées où l'on pouvait faire semblant d'être occupé. En cherchant le sommeil, il laissa ses pensées divaguer vers sa famille pour éviter d'attiser le manque en pensant à sa maîtresse. Mais immanquablement, quand il voyait les visages de ses frères, il s'imaginait leur présentant Lena. Même chose quand il pensa à sa mère, la première idée qui suivit fut qu'elle l'adorerait. Après tout, sa mère aussi était une artiste. Musicienne certes, mais artiste. Et il vit Lena évoluant dans la maison familiale. Dans un demi sommeil, il s'imagina la suivant à travers ces pièces qu'il connaissait par cœur. Il vit ce petit regard de biais qu'elle lui adressait comme une invitation, son cœur se mit à battre plus fort. Il la suivit jusqu'à son ancienne chambre d'adolescent et quand il y entra, il la trouva appuyée à la fenêtre dans le crépuscule. Ses longs cheveux tombant en cascade soyeuses jusqu'au creux de ses reins. Il n'avait plus qu'une envie, la toucher. Plonger ses mains dans sa crinière, embrasser, dévorer sa nuque. Prendre sa petite bouche toute en rondeurs gourmandes, retrouver sa langue sur la sienne. Croiser son regard de braise incandescente et l'entendre dire encore une fois : « Viens, je veux te sentir en moi... ». Plonger dans les ténèbres de ce regard en même temps que dans ses chairs humides et brûlantes. Étroites, frémissantes. La prendre toute entière, la posséder sauvagement. Ne lui laisser aucun répit jusqu'à l'orgasme et la voir suffoquer de plaisir...Gerald se réveilla brutalement, totalement en sueur et... en érection. Il s'assit au bord du lit en grommelant puis se leva, passa un tee-shirt et se dirigea droit vers le garage. Et dès qu'il commença à marteler le sac de frappe, il le fit plus fort qu'il ne l'avait jamais fait encore. Plus que de la frustration, il avait une colère sourde et profonde à expurger. Une colère contre la vie, contre lui-même, incapable de gérer ses émotions à son âge. Il frappa longtemps, le plus violemment possible. Et quand il s'arrêta enfin, il s'étendit à bout de souffle sur le capot d'une de ses voitures, totalement épuisé. Il s'endormit là, renonçant à retourner dans ce lit qui portait l'empreinte de Lena...

L'inconfort de son lit improvisé fit qu'il s'éveilla un peu avant six heures le lendemain matin. Une douche, un café et il se rendit au garage comme téléguidé par l'habitude. Armand et le reste de l'équipe arrivèrent vers sept heures trente, trouvant Gerald dans la fosse, au travail depuis longtemps. Son associé l'y rejoignit assez vite et au premier regard échangé, il lui dit : « T'as encore passé une sale nuit toi.

— Ouais.

— T'as des insomnies ?

— Ouais.

— Tu veux pas qu'on en parle ?

— Non.

— Gerald tu m'inquiète.

— Ça va. Ne t'en fait pas.

— Non ça va pas, tu n'as pas vu ta tête ! T'as des valises de compétition sous les yeux mon pote ! Qu'est-ce qui t'empêche de dormir ? Le garage tourne bien pourtant… c'est pas Nadine qui t'emmerde encore au moins ?

— Non, non… ». Comme il ne s'était pas arrêté de travailler pour répondre laconiquement, Armand s'agaça : « Oh ! Tu t'arrêtes et tu me regarde s'il te plaît. ». Gerald soupira, s'interrompit et fit face à son ami en croisant les bras d'un air sombre. Ce dernier lui demanda : « Hé… Tu vas me frapper ?

— Mais non, t'es con.

— Ok, alors dis-moi. Vendredi tu pétais la forme, tu disparais ce Week-end et tu reviens avec une tête de déterré ! Il s'est passé quoi ce week-end ? ». Gerald détourna le regard en fronçant les sourcils et réprima un soupir. Armand posa une main compatissante sur son épaule : « Allez viens mon pote, on va bosser sur la Bentley… ». Gerald eut un vague sourire las en suivant son ami. La Bentley était un très ancien modèle qui restait dans un coin du garage depuis des années. La rénovation était quasiment impossible vu l'état du véhicule, mais les deux amis n'avaient pu se résoudre à envoyer l'épave à la casse. On ne faisait pas cela avec une Bentley, c'était une question de principe. Aussi cette voiture était devenue l'endroit où ils s'isolaient tous les deux quand ils avaient à discuter de choses sérieuses. Ils s'appuyaient au bord du moteur, se lamentaient un peu sur l'état de la machine puis abordaient d'autres sujets. Leur position donnait l'illusion au reste de l'équipe qu'ils travaillaient, du moins était-ce ce qu'ils pensaient. Les autres employés du garage n'étaient pas dupes et même plutôt amusés par leur manège. Reste que cette fois, quand il fut question d'aborder le sujet sérieux du jour, Gerald eut du mal à se livrer. Armand lui demanda : « Alors quoi ? Qu'est-ce qui te travaille ? Problème d'argent ? Ton ex ?

— Non, je te l'ai dit, ce n'est pas ça…

— Ce n'est pas ton grand père au moins ?

— Non, il va bien…

— Putain Gerald fais un effort ! Je suis ton ami et tu m'inquiète !

— Ok, ok… c'est… Tu sais, quand je suis allé voir Raphaël chez lui, avant de le prendre à l'essai ?

— Oui et bien quoi ?

— Je t'ai parlé de… cette femme qui…

— Oh bordel ça y est, je comprends !

— Tu comprends quoi ?

— Non mais je suis soulagé si c'est une histoire de nana ! Je croyais qu'on t'avait trouvé un cancer ou ce genre de merde moi !

— C'est pas une "nana" Armand.

— Houlà oui, c'est plus grave que ça alors. Pardon. Donc tu as rencontré cette femme et je me souviens que tu m'as dit qu'elle était canon.

— Oui… Même plus que ça… mais bon… Je l'ai revu ce week-end. Samedi.

— Oh… Et ça n'a pas collé entre vous ?

— Si. Complètement collé même. ». Gerald perdit son regard dans le vague, une expression douloureuse au visage. Il ne savait même plus comment expliquer ce qui lui mettait le cerveau à feu à sang. Son ami prit un temps de réflexion avant de dire posément : « Ok. Ça a collé mais… Parce qu'il semble qu'il y a un "mais" qui te retourne la tête non ? Elle est mariée ?

— Non. Divorcée, comme moi. Depuis deux ans elle aussi.

— Alors quoi bordel, aide-moi à comprendre un peu Gerald !

— Pour ça il faudrait que je comprenne moi-même mon pote… ». Armand se tut sentant son ami sur le point de se livrer. Gerald baissa les yeux sur le moteur de la Bentley sans le voir réellement et dit : « Je perds les pédales Armand. Cette fille-là… Elle s'appelle Lena. Ce genre de femme, il n'y en a pas cent. Je ne veux pas passer à côté… Elle est… Elle est parfaite. Magnifique… Tu vois, contrairement à Agathe, elle n'en a rien à foutre que j'ai du fric ou pas ! Tiens, tu verrais sa bagnole ! Un cercueil ambulant ! Mais elle refuse que j'y touche ! Elle trouve la déco de ma maison à chier, totalement impersonnelle. Tout comme le jardin et la piscine. Elle ne l'a pas dit mais elle n'aime pas ma voiture non plus ! ». Il avait un vague sourire triste en prononçant ces mots. Il ajouta : « D'ailleurs je pense qu'elle n'aime pas ma maison non plus, trop tape à l'œil pour elle.

— Mais euh… Elle apprécie quoi chez toi en fait ?

— Moi je crois… Juste moi. ». Il eut un regard hésitant vers son ami qui leva les yeux au ciel avant de lui donner une tape dans le dos en soupirant : « Ouais… Je comprends mieux pourquoi tu perds les pédales. C'est pas l'autre garce qui t'aurait habitué à ça… Mais laisse-moi te rassurer, des filles, enfin des femmes honnêtes qui ne s'intéressent pas au fric, ça existe bel et bien. Ça devient de plus en plus rare, c'est vrai, mais ça existe… Mais avec… Lena, vous en êtes où ? Si c'est ce genre de femme, tu devrais te réjouir plutôt que de tirer cette tronche d'enterrement…

— On a un peu chamboulé le schéma en fait. On a passé la nuit et la journée ensemble. Mais Armand, je ne comprends pas ce qui se passe… J'ai vraiment l'impression de la connaître depuis longtemps et… même physiquement on a été en phase tout de suite !

— Ah oui donc vous êtes déjà bien avancés ! Tu l'as prévenue que tu sortais d'une période de disette où tu l'as démontée comme une tente de camping direct ? ». Armand se mit à rire de sa propre réflexion et Gerald se retint en grognant : « Arrête t'es con bordel ! ». Son ami lui donna un petit coup de coude : « Attends je suis marié depuis vingt ans et même si j'adore Marie tu le sais, tu peux me vendre du rêve un peu quand même ! ». En se passant une main sur le visage, Gerald lâcha : « Je l'ai prévenue… Et après…

— Après hop tente de camping ! ». Cette fois Gerald ne put retenir un rire un peu honteux avant de dire : « Non mais arrête, c'était pas ça. C'était pas juste…

— Du cul.

— Armand t'est lourd là.

— Mais non, je termine ta phrase c'est tout, avec elle c'était pas juste du cul. C'était autre chose. J'ai raison ?

— Oui. Et d'ailleurs si un de nous a eu quelque chose de démonté, c'est moi : elle a démonté toutes mes certitudes. Elle a fait exploser toutes les barrières.

— Mon pote on dirait que tu es marabouté.

— C'est exactement ça : envoûté. Je pense à elle tout le temps, j'ai du mal à dormir, j'ai plus d'appétit…

— Ce que je ne comprends pas, c'est que tu me dis que ça colle entre vous, qu'elle est… exceptionnelle et… Qu'est-ce que tu fous encore ici ? Pourquoi tu n'es pas avec elle en ce moment ? T'es quand même le patron, personne ne te dira rien si tu t'en vas.

— Je ne peux pas… Comme on a démarré sur les chapeaux de roue et qu'elle veut être sûre de ne pas faire d'erreur… Elle a voulu qu'on prenne quelques jours pour réfléchir à tout ça.

— Oh… Merde. Elle est pas conne en plus. ». Gerald leva les mains comme si son ami venait d'énoncer une évidence. Il se passa encore une main sur le visage, la fatigue commençait à lui donner la migraine. Armand réfléchit un moment en se triturant le menton avant de poser une main sur l'épaule de son ami et de lui dire très sérieusement : « Bon. Combien de jours ?

— Une semaine, on doit se revoir dimanche prochain.

— Oh ça va, c'est pas la mer à boire, mais vu ta tête tu finiras à l'hosto avant l'heure du rencard. Alors je suis peut-être pas qualifié en matière de séduction mais en matière d'amour par contre, je m'y connais. Et toi mon pote, t'es amoureux. Vraiment cette fois. Si j'ai bonne mémoire, quand tu as connu Agathe tu n'as pas ressenti ça pas vrai ? L'impression de manquer d'air quand elle n'était pas là. Plus d'appétit, plus possible de dormir sans elle. Et dès qu'elle dans le secteur, l'envie de repeupler la planète. Je me trompe ? ». Gerald prit un instant de réflexion avant de lâcher : « Non…

— Tu sais, je crois que l'amour prend des formes et des intensités différentes selon les circonstances, l'âge etc… Et toi mon gars tu viens de te prendre la version passion en pleine gueule. D'habitude ça arrive quand on est plus jeune mais tu as toujours été long à la détente. ». Il rit brièvement face à la mine hagarde de son ami et ajouta : « Alors de deux choses l'une. Soit tu prends tes jambes à ton cou tout de suite et tu finiras par retrouver le sommeil. Tu pourras retourner à tes bricolages du dimanche et ton sac de frappe pépère…

— Soit ? Tu as dit de deux choses l'une…

— Soit tu prends ton élan et tu te jettes là-dedans à pieds joints. Et là faut accepter de devenir complètement con. Parce que la passion te cramera les neurones en même temps qu'elle te foutra le feu au cœur. Tu assumes pleinement que tu es amoureux comme un gamin pré pubère et tu fonces. Mais là, il faudra oublier tes petites habitudes de pré retraité… ». Il ricana, l'œil brillant en tapotant l'épaule de son ami. Gerald eut un moment de flottement puis un sourire passa sur ses lèvres. Armand s'apprêtais à tourner les talons quand il se ravisa pour dire à son ami, presque à mi-voix : « Par contre, fais pas le con. Si elle est vraiment comme tu me l'as décrit, ne bouscule rien et laisse-la revenir d'elle-même, c'est craintif ces oiseaux-là. Marie était un peu comme ça quand on s'est connus… ». Il le gratifia d'un clin d'œil appuyé et retourna se mettre au travail en souriant comme un gamin. Gerald resta un moment planté devant la Bentley avec la sensation de s'être allégé le cœur en parlant de Lena à son ami. S'il suffisait de cela, Armand en entendrait encore parler sous peu. Il retourna travailler, beaucoup plus détendu… Il lui était difficile cependant de ne pas penser à Lena. Ne serait-ce qu'à chaque fois qu'il croisait Raphael. Pour rien au monde il ne lui aurait parlé d'elle, ni posé la moindre question mais quasiment à chaque fois, le voir lui rappelait ce jour où il était venu chez lui. Et qu'il avait vu Lena pour la première fois. De loin d'abord, presque du coin de l'œil.

Cette femme aux longs cheveux bruns assise en tailleur sur une couverture rouge dans un écrin de verdure. Un bébé endormi sur elle, sa longue robe bleue rabattu sur lui comme une aile de papillon. Une image presque iconique. Il se rappela avoir pensé à un tableau tant les couleurs s'accordaient parfaitement entre elles. Quand Raphael l'avait invité à boire quelque chose et qu'ils s'étaient dirigés vers la maison, il avait été vaguement déçu de trouver la couverture rouge désertée. Et puis elle était apparue et son visage de figurine l'avait d'abord surpris. Mais quand elle avait pris sa main et levé les yeux vers lui, un frisson électrique avait couru sur sa nuque. Une demi-seconde de trouble, quelque chose d'aussi fugace qu'intense. Ces yeux sombres bordés de longs cils noirs et sa main fraîche et délicate dans la sienne, comme une double connexion. Ce n'est qu'en cet instant qu'il avait eu envie d'essayer… De tenter une approche comme disait souvent Armand. Ça ne lui était pas arrivé depuis bien longtemps. Et la plupart du temps, quand l'envie lui prenait, c'était parce que des femmes avaient amorcer l'approche les premières. Mais Lena n'avait pas eu cette démarche, elle n'avait pas été dans le jeu de la séduction. Uniquement celui de la franchise. Reste que ce jour-là, Lena avait été l'étincelle en robe bleue…

Gerald resta au garage jusqu'à la nuit et avant de le quitter, Armand lui dit : « Bon, mon gars ! Essaye de dormir cette nuit, t'as pas de raison de t'inquiéter. Si cette femme est aussi maline que tu le dis, elle saura qu'elle a affaire à un type en or. Mais au cas où… Hésite pas à m'appeler, même au milieu de la nuit si tu veux causer…

— Ça ira, ne t'en fait pas… à demain mon pote, embrasse la famille pour moi. ». Dès qu'il fut seul, Gerald fit un peu de rangement, se lava longuement les mains, ôta sa tenue de travail et éteignit tous les appareils. Tout cela en gestes mécaniques, comme un automate, l'esprit totalement ailleurs. Quand peu après il monta dans sa voiture et prit la route, il était absent à lui-même, prévoyant déjà qu'il passerait trop de temps devant son ordinateur, hypnotisé par les photos de Lena. Une chanson d'amour passa à la radio et il eut un geste avorté pour l'éteindre. Mais à l'écoute des paroles un peu naïves, il eut un sourire amer et monta le son. Quitte à souffrir du manque et de l'angoisse, autant y aller à fond ! pensa-t-il. Et quand il rentra la voiture dans l'allée du garage et coupa le contact, le silence lui pesa soudain. Il eut un regard las vers le siège passager avant de quitter prestement le 4x4, comme s'il prenait la fuite. Il traversa le garage et mis en marche l'ordinateur portable avant de rentrer prendre une douche rapide. Il jeta un œil dans son frigo trop grand pour être remplis. Il restait certaines des choses qu'ils avaient achetés ensemble pour leur pique-nique. Il attrapa la bouteille de jus d'ananas et hésita à retourner dans son garage. Mais que faire d'autre ? se demanda-t-il. Pourquoi lutter pour finir par y revenir de toute façon ? Quand il s'assit dans son vieux fauteuil de bureau, il prit une profonde inspiration avant d'ouvrir Facebook. Mais quand le mur de Lena apparut, il se figea. Elle avait changé de photo de profil, il ouvrit l'image et un sourire se dessina progressivement sur ses lèvres. Il découvrit un dessin représentant un couple endormi dans l'herbe. Il ne put que s'y reconnaître, les y reconnaître tous les deux. Une joie nerveuse l'envahit soudain, il n'arrivait plus à s'empêcher de sourire. Il lika l'image puis la copia. Puis il vit que Lena venait de poster quelque chose et réprima un petit rire en voyant qu'il s'agissait du générique de la petite maison dans la prairie. Une de ses amies commenta aussitôt : « Tellement toi ça ! ». Et Lena répondit dans la minute : « Toi ferme-là ! ». Il rit brièvement et réalisa qu'elle était devant son ordinateur en cet instant. Le post était public, il aurait pu lui parler, lui écrire quelque chose. Mais non. Une semaine sans contact. Il fallait s'y tenir. Il lika néanmoins la vidéo et imagina le sourire de sa maîtresse de l'autre côté de l'écran. Une idée lui vint et il s'empressa de poster sur son mur personnel une autre vidéo. Michel Jonasz, "je t'attends". Et à peine l'eût-il fait que "Lena Lorentz a réagi à votre vidéo" s'afficha sur son écran. Il se passa la main sur la barbe sans cesser de sourire. Excité comme un gamin, il but un peu de jus d'ananas en réfléchissant déjà quelle autre vidéo il allait pouvoir poster. Mais Lena le devança et publia la chanson de Jenifer "Donne-moi le temps". Il haussa les sourcils et cliqua pour écouter le morceau, certaines phrases l'apaisèrent : "Quand je me donne c'est vraiment…", "si je sais que tu m'attends…". Il réalisa que sans entrer en contact direct, ils se parlaient bel et bien. Qu'ils en avaient besoin, autant l'un que l'autre… Il soupira profondément comme si sa cage thoracique s'allégeait soudain d'un poids. Elle posta autre chose, un autre dessin. Deux mains d'hommes très travaillées, très détaillées. Il regarda les siennes machinalement puis son regard retourna vers l'écran et il vit quelqu'un commenter : « De très belles mains d'hommes ! Tu assures vraiment Lena ! Bravo ! ». Il sourit mais quand la dessinatrice répondit : « Je n'ai aucun mérite, ces mains-là sont bien plus belles en vrai. », il déglutit péniblement. Le manque physique se faisait à nouveau sentir… Il réfléchit un instant avant de se mettre à ajouter quelques contacts à son profil. Ses amis proches et sa famille uniquement. Puis il écrivit son premier statut personnel : « Voilà. J'ai cédé à FaceBook. Je n'avais pas le choix. Je vais essayer de dormir maintenant. Je manque de sommeil... Bonne nuit. ». Statut légèrement lapidaire mais publication publique afin que Lena puisse le voir... De son côté, la dessinatrice s'empressa d'en faire de même en écrivant : « Les amis, bonne nuit ! La chouette que je suis va encore gratter du papier jusqu'à pas d'heure, histoire de fixer certains moments précieux... NB : je songe à m'acheter un sac de frappe et à me mettre à la boxe. ». Gerald pouffa de rire avec une profonde sensation de chaleur dans la poitrine. Il referma son ordinateur portable et se dirigea vers sa chambre avec un sourire incoercible. Il se sentait fatigué. Fatigué mais rempli d'un espoir serein...

Lena souriait elle aussi en éteignant son ordinateur. Il n'était pas si tard mais elle avait envie de se mettre au lit en imaginant que Gerald en faisait autant de son côté. Ses chats vinrent l'escalader pour se vautrer sur elle à grands renforts de ronronnements et de coups de tête affectueux. Mais dès qu'elle éteignit la lumière son regard se fixa sur un faible trait de lumière au plafond. Elle ferma les yeux et inspira profondément. Pendant une seconde, elle espéra retrouver les effluves boisés, la chaleur d'un souffle sur sa bouche et dans son cou. La sensation de manque monta et l'agaça aussitôt. Elle soupira nerveusement : « Pourquoi je peux pas juste profiter de tout ça moi ? Pourquoi faut que...que je m'attache comme une conne ?! ». Indi miaula faiblement et elle répondit : « Je sais ! Je suis complètement cintrée... ». Le chat noir se leva, s'étira et vint se laisser tomber sur son épaule pour s'y couler de tout son long. En le caressant distraitement, elle murmura : « Je ne peux pas tout foutre en l'air comme ça mon didi… Tu le sais toi… Mais punaise… Il me manque… ». Une émotion inattendue lui serra la gorge et ses yeux s'embuèrent. Elle se tourna sur le côté pour enfouir son visage dans la fourrure du chat en gémissant : « Bordel, je suis pathétique… ». Elle finit par s'endormir ainsi, bercé par le ronronnement d'Indi…

Le lendemain matin, la dessinatrice se leva pleine d'énergie. Mais en allant déposer sa tasse de café devant l'ordinateur, elle se figea et ne le mis pas en marche. C'était mercredi. Le jour où elle avait rendez-vous avec son fils. Il fallait mettre côté toute cette émotivité d'adolescente pour remettre la tenue de la maternité. Il lui fallait reprendre le contrôle. Ou essayer du moins… Et quand elle le rejoignit dans leur brasserie habituelle, tout lui parut plus facile. Yvan lui apparut rayonnant. Il la prit dans ses bras et la souleva brièvement comme il en avait l'habitude depuis qu'il était avait pris du muscle. Lena savait que c'était pour lui une façon de lui montrer combien il était devenu fort, un vrai bonhomme comme il disait. Mais elle ne voyait en lui que le petit garçon potelé qu'il avait été. Ils bavardèrent tranquillement en déjeunant, Yvan pris une photo d'eux pour l'envoyer à Jonas qui répondit en leur envoyant une photo de son plateau repas à la cantine de l'hôpital. Tout était parfait et paisible, comme à chaque fois. Du moins jusqu'à ce qu'un couple s'installe juste derrière Lena et qu'elle entende la voix de l'homme. Un frisson la parcourut, elle se raidit imperceptiblement. Une voix grave, profonde et légèrement cassée. Ce n'était pas Gerald bien sûr, mais ce timbre de voix était trop proche du sien pour ne pas la perturber. Yvan ne parut rien noter et lui dit, tout à coup très sérieux : « Il y a quand même quelque chose dont il faut que je te parle mam's…

— Je t'écoute…

— Tu sais, je t'avais déjà parlé de Katy, la fille de l'accueil ?

— Oui la petite rouquine.

— Eh bien…

— Oh ! Il s'est passé quelque chose ?

— Oui. Ça fait quelques jours déjà… Et c'est pas comme avec les autres.

— Tu penses à t'installer avec elle ?

— Oui. De toute façon, elle est chez moi depuis une semaine, je l'ai pas laissé repartir. ». Il eut un petit rire nerveux et l'œil brillant. Lena lui caressa l'épaule en disant : « Profite mon fils…

— C'est marrant que tu me dises ça…

— Pourquoi ?

— Tout le monde me dit que je me précipite trop, que le chacun chez soi c'est mieux dans un premier temps etc... Et toi, ma mère… ». Elle eut un moment de flottement, le nez au-dessus de sa tasse de café. Quelque chose lui serra le cœur et elle savait très bien ce que c'était. Elle lâcha : « Tu seras raisonnable quand tu auras des enfants. Pour l'instant, profite de chaque instant de bonheur et laisse-les coincés hurler avec les loups… Être raisonnable en matière d'amour, ça ne cause que des souffrances.

— En fait je ne sais pas si c'est de l'amour ou autre chose pour l'instant. Quand est-ce qu'on sait en fait ? ». Il l'interrogeait du regard, elle se raidit en réalisant qu'elle n'en savait rien elle-même. Elle haussa les sourcils et bredouilla : « bah euh… Déjà quand c'est dit et puis… je ne sais pas trop, il y a des signes quand même…

— Du genre, se mettre à suspecter tous les mecs qui l'approchent ?

— Oui, mais vas-y doucement sur la jalousie, ça n'apporte rien de bon dans un couple. Ceux qui disent que c'est une preuve d'amour racontent n'importe quoi pour se dédouaner.

— Je m'en doute… Mais c'est difficile à réfréner.

— Peut-être parce que vous ne savez pas encore où vous allez… ça viendra. ». Elle l'attira pour embrasser sa tempe et il lui rendit son baiser en soupirant : « Ma p'tite mam's… Et toi ? ». Elle faillit s'étrangler avec son café : « Quoi moi ?

— Toujours personne en vue ?

— Oh moi tu sais… Mes chats, mes dessins…

— Justement, j'ai vu ceux que tu as postés sur FaceBook hier. C'est qui le modèle des mains ? Grosses paluches soit dit en passant ! ». Il avait un petit sourire de biais et un éclat vif dans le regard. Elle se sentit autant mal à l'aise que fière de son garçon. Il avait l'esprit curieux, on ne la lui faisait pas à lui. Comme elle ne répondait pas, il lui donna un petit coup de coude en disant : « Mam's, j'ai pas envie de te voir finir toute seule dévorée par tes chats. Tu sais ce que m'a dit Katy en voyant ta photo ?

— Tu lui as montré une photo de ta mère ? La honte !

— Mais non, elle t'a vu sur celles où on est tous les deux ! Et bien elle m'a dit qu'elle aimerait être aussi belle que toi quand elle aura ton âge.

— Aussi bien conservée. C'est ce qu'elle a dû dire j'imagine. Cette expression me donne l'impression d'être une grappe de raisin dans un bocal. ». Il se mit à rire puis protesta : « Pas du tout ! Mais sérieusement maman… Je crois que tu mérites plus que quiconque de trouver quelqu'un qui prenne soin de toi maintenant qu'on est plus là avec le frangin.

— J'ai mes poilus.

— Non mais quelqu'un avec deux bras et deux jambes qui pourrait te faire danser. ». L'image du salon de Gerald, de la danse, de l'étreinte sur la table défila devant ses yeux. Elle blêmit et cela n'échappa guère à son fils : « Oh mais… Attends, tu me caches un truc là… Il y a quelqu'un ?

— Non, il n'y a pas personne, ça suffit Yvan.

— Mais ma parole, tu rougis ! Ma mère rougit ! Il y a quelqu'un. Cette fois j'en suis certain. ». Il riait, Lena cacha son visage dans ses mains en soupirant bruyamment. Il se reprit et lui dit, avec un sourire irrépressible : « Non, pardon. Ça ne me regarde pas, pardon… je veux juste savoir si…ça se passe bien ? ». Elle releva la tête en soupirant encore et lâcha : « Non. Enfin si. Disons que c'est le tout début et que je ne veux pas m'emballer.

— C'est pas toi qui vient de me dire de profiter ? De laisser les coincés…

— C'est différent !

— En quoi ? Tu n'as plus d'enfants sur le dos, qu'est-ce qui t'empêche de profiter de la vie ? ». Il lui avait adressé un regard direct, totalement dénué de malice et elle en resta presque pétrifiée. Il avait raison. Il ne faisait que lui retourner ses propres arguments. Un peu comme si elle se parlait à elle-même. Que la mère parlait à la femme par la voix de son propre fils. En se reprenant, elle fronça brièvement les sourcils et grommela : « Tu m'énerves.

— Parce que j'ai raison. Et tu le sais… Mais ne t'en fait pas, je ne poserai pas de questions. ». Il embrassa sa tempe et se mit à parler de tout autre chose pour qu'elle puisse à nouveau se sentir à l'aise. Elle l'observa par moment avec fierté, ce fils qui devenait un homme. Un homme intelligent... Ils passèrent l'après-midi ensemble à faire du shopping comme deux amis. Et quand ils se séparèrent, Yvan lui dit tout de même : « Je te promet de profiter de la vie si tu en fais autant de ton côté mam's, il est grand temps... ». Elle lui sourit et il monta dans sa voiture pour partir peu après. Il faisait beau, elle prit son temps et rentra chez elle à pieds plutôt qu'en tramway. Mais elle ne vit pas grand-chose en chemin, complètement absorbée par mille et une pensées contradictoires. S'évertuant à essayer de comprendre pourquoi elle craignait tant de lâcher prise. Cela faisait des années qu'elle ne s'était autant sentie en confiance auprès de quelqu'un. Auprès d'un homme. Il avait été si simple d'aller vers lui. De se donner à lui. Qu'est-ce qui l'empêchait de continuer sur cette lancée ? La perfection peut-être. Tout semblait tellement s'aligner parfaitement entre eux qu'une désillusion n'en serait que plus douloureuse. Mais souffrir... On guérissait de tout, Lena le savait mieux que quiconque. Elle passa machinalement la main dans son dos tout en marchant de plus en plus vite. Une forme d'agacement commença à naître au creux de son estomac et elle pressa encore le pas pour rentrer. Un agacement tourné vers elle-même. Vers sa manie systématique de tout compliquer sans le vouloir vraiment. Comme si elle avait besoin d'obstacles pour apprécier le bonheur. Quand il y avait bonheur. Ça n'avait pas été le cas depuis bien longtemps. Trop longtemps... Quand elle entra chez elle, elle jeta ses sacs sur le canapé et alluma aussitôt l'ordinateur. Puis, machinalement, elle ressorti pour aller chercher son courrier dans le hall de l'immeuble et remonta en le

116

passant en revue. Elle jeta les factures, attrapa une bouteille de soda dans le frigidaire et se laissa tomber lourdement sur sa chaise de bureau. Elle était contrariée. Profondément contrariée. Elle ouvrit Facebook, but une gorgée glacée et passa directement sur la page de Gerald. Un nouveau post. "La petite lady", Vivien Savage publiée le matin même. Lena sourit en repensant aux marques qu'elle avait laissées sur la peau de son amant. Elle réfléchit un instant et publia "Nuit magique" de Catherine Lara, l'œil brillant. Elle s'installa mieux sur sa chaise en pensant déjà à la chanson suivante quand son téléphone se mit à sonner. Et en voyant qui l'appelait, un frisson désagréable courut sur sa nuque. Etienne. Son ex-mari. Elle hésita un instant mais choisit finalement de répondre. Son ton se fit aussitôt glacial : « Allo ?

— Lena c'est moi.

— Salut.

— J'ai cru que tu ne répondrais pas, je suis étonné.

— Pourquoi tu appelles si tu pensais que je ne répondrais pas ? Tu pouvais m'envoyer un message si tu as quelque chose à me dire.

— Ok… Je constate que tu es de bonne humeur.

— Toujours quand je te parle. ». Face à sa froideur il marqua une pause, souffla bruyamment puis sembla choisir ses mots avant de dire : « J'avais à te parler d'un truc sérieux. J'aurais préféré te le dire de vive voix mais…

— Mais tu n'es pas assez courageux. Ne t'en fait pas, j'aime autant ne pas avoir à te revoir.

— Lena, merde, arrête… S'il te plaît.

— Ok… Je t'écoute.

— Je voulais te dire que je vais déménager.

— Ah… Bien.

— Je vais aller m'installer à Paris avec… Enfin on va s'installer sur Paris.

— Très bien. Mais en quoi ça me concerne ? ». Elle sentit qu'il se raidissait à l'autre bout du fil, cela piqua sa curiosité. Mais elle resta impassible quand il dit : « Je vais… Je vais épouser Nadine.

— Masel tov. ». Cette nouvelle ne lui faisait ni chaud ni froid. Qu'il pense que cela avait de l'importance pour elle, l'agaçait cependant. Il enchaîna, presque dans un souffle : « Elle est enceinte. ». Là, quelque chose transperça le cœur de Lena. Ses lèvres se pincèrent. Elle ne put rien dire. Il ajouta : « Je voulais te le dire. Que tu ne l'apprennes pas par quelqu'un d'autre. Comme si j'avais voulu te le cacher. ». Elle prit une profonde inspiration avant de dire : « Oui… ça aurait été dommage que je puisse penser que tu aies voulu me cacher ça. Eh bien Etienne, je te le répète : Masel tov. Je vous souhaite bien du bonheur. Ciao.

— Lena attend ! ». Elle éteignit son téléphone et le jeta sur son bureau dans un geste furieux. Puis elle porta une main à son front et chercha à retrouver une respiration normale. Une douleur furieuse lui opprimait la cage thoracique. Le cerveau et le cœur incendié, elle se leva et se dirigea vers la salle de bain. Là, elle se déshabilla rapidement et se précipita sous la douche. L'eau tiède lui donna la chair de poule mais ne calma pas sa colère. Elle tourna le robinet complètement à droite, des trombes d'eau glacée jaillirent de la pomme de douche. Elle réprima un grognement avant de lâcher un tombereau d'insultes dans le vide. Toutes à destination d'Etienne. Quand l'eau froide commença à rendre son corps douloureux, elle s'écarta brusquement en s'appuyant contre le mur carrelé. Elle leva les yeux en respirant par à-coups et se mit à pleurer en marmonnant toujours des insultes. Elle se laissa glisser et fini assise dans la cabine de douche à sangloter comme une enfant… Quand elle quitta enfin la salle de bain, elle était laminée. Physiquement et émotionnellement. Elle fouilla dans l'armoire à pharmacie comme elle le faisait si souvent encore un an plus tôt. Mais plus le moindre calmant ni le moindre anxiolytique. Elle traversa l'appartement comme un fantôme pour aller se laisser tomber sur son lit. Elle y somnola entre deux crises de larmes jusqu'à la tombée de la nuit. Un tintement l'avertit qu'on lui avait envoyé un sms. Le téléphone continuerait de tinter jusqu'à la lecture du message. Elle se leva pour le lire, il venait de Sophie : « Dis donc, les chansons d'amour sur FB il faut que tu arrêtes ! Va plutôt rejoindre Sean Connery ! ». En refoulant un sanglot, Lena tapa : « Etienne m'a appelé tout à l'heure. Sa future femme est enceinte. ». Dans la minute son téléphone sonnait. La voix de Sophie était inquiète : « C'est quoi ce délire ? Il t'a appelé pour te dire ça ?

— Il ne voulait pas que je l'apprenne par quelqu'un d'autre…

— Ah ouais ? Depuis quand ça le gène de cacher des choses ce connard ?!

— Laisse tomber, j'ai pas envie de parler de ça. Je vais retourner me coucher…

— Lena attend ! Je sais à quoi tu penses là, ne te laisse pas submerger !

— J'ai juste besoin de dormir.

— Sûr ?

— Oui, il faut que je digère ça. J'y verrai plus clair demain.

— Ok, ok… mais tu m'appelles demain quand tu te lèves hein ? Ou un message, mais tu me fais signe ok ?

— Promis.

— Lena ? Tu veux que je vienne ?

— Non, Sophie, ça va aller je te promets.

— Ok, mais si demain ça va pas mieux, je me pointe. Que tu le veuilles ou non, en deux heures je suis là.

— Non, je t'assure, j'accuse le coup-là mais ça va aller.

— Bon… à demain alors, téléphone, message mais je veux de tes nouvelles.

— Promis. Je t'embrasse ma biche.

— Moi aussi, fort. ». Les larmes se remirent à monter en même temps que des souvenirs profondément enfouis. Lena retourna se coucher et se réfugia totalement sous sa couette. Ses chats tentèrent de l'y rejoindre mais elle la tenait fermement serrée contre elle…

Ce soir-là, en voyant le dernier post de Lena, Gerald avait le sourire. Désormais son ordinateur n'était plus jamais loin de lui, même pendant ses séances de sport. Il publia en réponse la chanson de Barbara, "dis, quand reviendras-tu ? ". Mais les minutes, puis les heures défilèrent sans que Lena ne réagisse. Son humeur s'en assombrit assez vite. Il se mit à tourner en rond, alternant les séances de frappe aux tasses de café sans cesser de revenir vers l'ordinateur. Il dormit peu cette nuit-là, prit deux douches et avala au moins une dizaine de tasses de café. Il vit l'aube se lever avec la conviction inexplicable que le silence de Lena n'avait rien à voir avec lui. Que quelque chose d'autre était en jeu. Et à la frustration, au manque, vint s'ajouter l'inquiétude. Il essaya de se convaincre que, peut-être, elle était sortie avec des amies, en vain. Reste que cette nuit en pointillés d'angoisses l'avait épuisé. L'ordinateur portable était posé sur le sol près de son lit. Il était resté allumé toute la nuit. Gerald ne pouvait se résoudre à le fermer. Assis contre la tête de lit, il bascula la tête en arrière et attrapa son téléphone pour prévenir Armand : il ne viendrait pas travailler ce jour-là. Un simple sms. Mais la réponse de son ami lui creva le cœur : « La belle est de retour ? Je te l'avais dit ! ». Il tritura son téléphone avec un rictus amer. Il afficha le numéro de Lena et le fixa pendant de longues secondes. Il lui aurait suffi de toucher cette suite de chiffres sur l'écran pour pouvoir lui parler enfin. Entendre sa voix à son oreille… Gerald se laissa glisser dans une torpeur sombre en sentant le manque, la souffrance morale l'étrangler progressivement. Un tintement discret le figea et son regard se tourna directement vers l'ordinateur. Sa respiration se libéra en lisant "Lena Lorentz a réagi à votre vidéo". Il attrapa le portable pour le mettre sur ses genoux, se passa une main sur la barbe en soufflant : « Mais où étais-tu ? ». Puis il attendit qu'elle poste une vidéo à son tour, ce qu'elle fit mais il ne saisit pas le message qu'elle voulait lui faire passer. Ennio Morricone, "le vent, le cri". La musique était d'une beauté et d'une tristesse qui ne le rassurèrent pas…

Quand elle eut posté ce morceau, Lena éteignit son ordinateur et s'habilla. Elle choisit un jean moulant et un corsage décolleté. Avec une amertume incoercible au cœur, elle voulait se mettre en valeur et sortir. Elle se fit un regard charbonneux, peignit ses lèvres de rouge carmin, brossa longuement ses cheveux, se parfuma et mit une paire de boucles d'oreille en forme de feuilles. En tournant devant le miroir de la salle de bain, elle eut un regard très dur et murmura : « Un beau cul, une belle gueule et… plus rien à l'intérieur. ». Une vague de peine monta en elle au point qu'elle dut s'appuyer sur le lavabo en respirant profondément pour garder le contrôle. Quand elle releva les yeux vers son reflet dans le miroir, son propre regard lui glaça le sang. Un regard noir, maléfique. Ses doigts se crispèrent sur la céramique avant qu'elle ne quitte promptement la salle de bain. Elle attrapa son sac à main, enfila une paire d'escarpins noirs à talons et quitta l'appartement. Elle prit le tramway jusqu'au centre-ville et se dirigea droit vers le musée d'Alambert. Elle y avait ses habitudes. Elle le traversa d'un pas rapide pour aller se planter devant un grand tableau. Elle laissa son regard errer sur la toile et sentis progressivement les battements de son cœur s'apaiser. C'était une grande scène champêtre de la renaissance. Le refuge de Lena quand ses émotions prenaient la clé des champs. Il lui suffisait de suivre les contours délicats des visages, les lignes des corps et les mouvements des tissus pour retrouver un peu de paix. Au bout d'un long moment, son regard s'attarda sur le corps musculeux d'un berger de la scène et elle put presque sentir un parfum boisé hanter ses narines. Elle murmura dans un souffle : "Gerald...". Et soudain, quelque chose de lumineux s'anima dans sa poitrine. Comme le reflet d'une chance. Une chance à saisir. Peut-être la dernière. Pendant une seconde, elle vit le reflet de son propre visage dans la vitre de protection du tableau. Elle aperçut ces quelques rides autour de ses yeux et le temps prit une autre dimension. Un jour, une semaine, un an, dix... Pourquoi aurait-il fallu attendre ? Le temps ne servait qu'à endormir les blessures et il ne devait servir qu'à cela. Pas à entraver le bonheur. Elle fit un pas en arrière en baissant les yeux. Puis un autre. Et un suivant. Pour enfin se mettre à marcher vers la sortie. De plus en plus vite vers l'extérieur. Vers le soleil écrasant du dehors. Et plus elle avançait, plus elle avait hâte de sentir sa morsure sur sa peau. Au premier pas qu'elle fit sur le parvis du musée, un sourire irrépressible flotta sur sa bouche. Elle leva les yeux vers le ciel. Bleu. Intense. Puis elle regarda le soleil en face, ferma les yeux et murmura : « J'arrive. ».

Vers onze heures, incapable de dormir, Gerald décida finalement de se rendre au garage. Il avait besoin de parler avec Armand, son cerveau recommençait à tourner à l'envers. Mais au lieu de ça, il trouva un peu de paix en se mettant à travailler. Il était dans la fosse avec Raphaël, occupé à replacer un tube d'échappement quand une voiture vint se garer sur le parking devant l'atelier. Personne n'y prêta attention jusqu'à ce qu'une femme en descende et se dirige vers le garage d'un pas décidé. Une grande et belle femme brune aux lèvres rouges, moulée dans un jean clair, portant des escarpins noirs à hauts talons et un corsage blanc qui mettait sa poitrine en valeur. Deux des mécaniciens, s'interpellèrent discrètement à son approche : « Hey, regarde la pin-up qui se pointe ! ». Elle s'arrêta à l'entrée de l'atelier et abaissa légèrement ses lunettes de soleil en cherchant à qui s'adresser. Armand vint vers elle et l'instant d'après, il retournait vers Gerald pour lui dire, tout sourire : « Mon pote, sors de là ! Tu n'avais pas exagéré.
— Quoi ?
— Regarde qui est là. ». De la fosse, il ne put voir que les escarpins et les jambes longues et élancées, il se figea. Puis dans l'instant qui suivit, il remonta prestement, sourcils froncés. Quand Lena se retourna et le vit, un sourire éclaira son visage. Elle ôta ses lunettes en marchant lui, qui n'y croyait pas. Quand il avança vers elle, il écarta les bras avec une expression

désappointée et elle lui dit d'un ton léger : « Voilà : c'est dimanche ! ». Il réprima un éclat de rire et au moment de la prendre dans ses bras, il s'interrompit : « Attends, je suis plein de cambouis, je ne veux pas… ». Elle se pendit à son cou pour dire à son oreille : « On s'en fout ! ». Il la serra aussitôt étroitement contre lui avec un profond soupir de soulagement. En l'étreignant, il la souleva brièvement pour l'emporter dans une pièce à l'abri des regards goguenards des membres de son équipe. Il les entendit rire et applaudir quand il referma la porte d'un coup de pied. Là, il prit le visage de Lena entre ses mains pour l'embrasser avidement. Au sortir de ce baiser brûlant, ils avaient tous deux le souffle court. Elle nicha son visage dans son cou pour le respirer alors qu'il murmurait : « Lena… Lena, tu m'as tellement manqué…

— À moi aussi tu m'as manqué… je suis une truffe, on n'a pas besoin de temps pour savoir où on va… c'était une connerie…

— Une torture oui…C'est vrai, tu es une truffe. ». Elle releva la tête avec un air faussement outré, il reprit sa bouche fiévreusement. Puis il se redressa brusquement : « Holà, il faut que je me calme ! On va rentrer et reprendre ça chez moi. ». Elle lui sourit, le regard troublé par le désir. Il se figea et la jaugea avant de dire : « Tu as peu dormi toi aussi non ?

— Alors ça c'est une jolie façon de dire que j'ai une sale tête, merci.

— Non, tu es magnifique, une vraie poupée mais… Tu as l'air un peu fatiguée.

— Tu vas voir si je suis fatiguée. Dès qu'on sera chez toi. ». Il eut un mouvement pour l'embrasser mais s'arrêta net, souffla bruyamment avant de dire : « J'enlève ça et on y va. ». Elle réalisa qu'ils se trouvaient dans la pièce faisant office de vestiaire et le regarda ôter sa combinaison de travail d'un air rêveur. Quand il se retrouva en tee-shirt et boxer, elle soupira. Revoir son corps, ses cuisses puissantes et son large bassin lui donnait chaud. Elle s'appuya au long d'un mur pour le regarder, bras croisés. Quand il enfila son jean, elle admira à loisir la forme pleine de son fessier et son regard remonta le V de son dos musculeux. Quand il se retourna, il ne put ignorer l'incandescence de ses yeux fixés sur lui. Il sourit de biais et lui dit tout en bouclant son ceinturon : « Il n'y a pas de sac de frappe ici tu sais… ». Elle sourit à son tour et lâcha : « Tu n'en auras plus besoin bientôt de toute façon. ». Ils échangèrent un regard brûlant en sortant du vestiaire. Mais au moment de quitter le garage, Armand interpella son ami : « Ho ! Tu ne me présentes même pas ? ». Gerald eut un rictus qui amusa Lena. Ils se retournèrent tous les deux et il dit : « Lena, je te présente Armand mon meilleur ami et associé depuis près de 25 ans. Et un inqualifiable casse-burettes… ». Elle pouffa et lui serra la main : « Enchantée Armand…

— De même, j'ai entendu parler de vous !

— De toi. Pas "vous" par pitié…

— D'accord, j'ai entendu parler de toi. Et pourtant c'est un taiseux ce grand nigaud !

— Ah oui ? Pas avec moi en tout cas. ». Sentant qu'ils étaient à deux doigts de se payer sa tête, Gerald mis fin à la discussion en entraînant Lena vers le parking. Elle salua Armand de la main et il en fit de même, hilare. Mais au moment de partir, Gerald s'arrêta sur le parking et dit à sa maîtresse : « Et si on prenait ta voiture plutôt ?

— Vraiment ?

— Oui. J'ai envie de voir ce miracle roulant en action.

— Attention à ce que tu dis hein, elle est sensible ma pétrolette. ». Quand Gerald s'installa sur le siège passager, il eut beau reculer le siège au maximum, il était à l'étroit, les jambes repliées. Son air engoncé leur causa à tous deux un fou rire, mais ils réussirent tout de même à rentrer sans encombre. Et quand il sortit de l'Austin devant chez lui, Gerald s'étira en disant : « Ok, je reconnais qu'elle tourne plutôt bien vu son état général.

— Elle est comme moi. Elle tient debout et fais le boulot, c'est le principal.

— Non, toi tu n'es pas une vieille guimbarde, arrête avec ça ! Toi tu es un magnifique coupé sport de collection. Une Jaguar ! ». Elle rit en se glissant sous son bras et ils entrèrent ensemble. Mais à peine avaient-il passé la porte que Gerald la retint contre lui en éteignant l'alarme. La maison était plongée dans la pénombre, tous les volets électriques baissés. Il la plaqua doucement contre la porte en l'embrassant et ses mains purent enfin courir sur son corps sans pudeur. En dévorant son décolleté, il respirait profondément sa peau alors qu'elle tirait déjà sur son tee-shirt pour le lui enlever. Il fit glisser ses deux mains sous ses fesses en lui murmurant : « Je ne peux plus me passer de ça… Je ne peux plus me passer de toi.

— Moi non plus… ». Il déboutonna son jean pour le faire descendre au long de la courbe pleine de ses fesses et la retourna brusquement contre la porte. Elle savait ce qui allait suivre et l'espérait par tous les pores de sa peau incendiée. Il s'accroupit derrière elle et fit glisser son tanga en suivant son parcours de sa bouche. Tout au long de ses fesses jusqu'à ce qu'il niche son visage juste en dessous et qu'elle sente sa langue s'inviter en elle. Elle se cambra comme par réflexe, ses ongles crissèrent un peu sur le bois massif de la porte d'entrée. Il l'explora longuement, avec gourmandise, et quand elle sentit qu'il se relevait derrière elle, sa respiration s'oppressa sous le coup de l'impatience. Ses grandes mains se posèrent sur son bassin et il s'introduisit en elle presque entièrement, en une fois. Mais l'afflux de sensations lui donna un bref vertige et il dut s'appuyer contre la porte, la main à plat près du visage de Lena. Les yeux mi-clos, elle regarda cette main qu'elle adorait et sentit qu'il commençait à aller et venir lentement en elle. Elle se mordit la lèvre inférieure tant le plaisir la submergeait puissamment. Il respirait mal quand il glissa une main sur le ventre palpitant de sa maîtresse pour remonter vers sa poitrine. Elle dégrafa aussitôt son soutien-gorge d'un doigt et se redressa un peu pour se débarrasser de son corsage. Il profita de sa cambrure pour empoigner ses deux seins à pleine mains et l'attirer plus près de lui. Il embrassa sa nuque plusieurs fois délicatement avant de la mordiller. Elle émit un râle discret, il saisit sa nuque fermement pour l'inciter à tourner la tête : « Regarde-moi Lena, je veux voir tes yeux de chatte… ». Elle obéit mais le plaisir et l'excitation faisaient qu'elle parvenait difficilement à garder les yeux ouverts. Il prit sa bouche un peu sauvagement avant de la repositionner contre la porte, sans lâcher sa nuque. Comme il accélérait elle soupira : « Oui… Plus vite… » et il ne pouvait que lui obéir. Ses doigts plongèrent dans la chevelure de sa maîtresse alors que le rythme de leurs hanches se faisaient de plus en plus intense. Il empoigna sa chevelure d'une main, maintenant son bassin soudé à celui de sa maîtresse. Et quand il ramena sa tête en arrière, Lena perdit pied, un orgasme fulgurant la surprit, lui tirant un bref cri qui se mua en râle. L'entendre jouir suffit à entraîner Gerald vers l'abandon. L'instant d'après, ses jambes tremblaient et il dut s'appuyer encore contre la porte. Hors d'haleine, Lena hoqueta : « Je crois que… que je commence… à aimer cette maison. ». Il pouffa de rire alors qu'elle se retournait en respirant profondément. Il vint caresser son visage et l'embrasser doucement alors qu'elle commençait à remonter son pantalon. Il murmura à son oreille : « Désolé mais…Tes adorables fesses moulées dans ce jean… Tu es tellement belle Lena, tellement belle. ». Ces mots coulaient comme du miel en elle. Tous les compliments qu'il lui servait pouvaient bien être exagérés, ils prenaient un autre sens dans sa bouche à lui. Ils étaient autant de caresses sur son ego bancal. Entre ses bras à lui, sous ses yeux à lui, elle devenait ce qu'il voyait. Quand ils furent rhabillés, il hésita à ouvrir les volets et lui demanda : « Je laisse tout fermé ? Après tout, tu as dit qu'on était dimanche non ?

— On est dimanche puisque je suis là.

— C'est comme ça que tu te dédouanes de ne pas avoir tenu une semaine ?

— Oui. Mais ouvre les volets quand même, tes yeux sont plus beaux en plein soleil. ». Elle déposa un petit baiser sur sa bouche et se dirigea vers la salle de bain avec un petit air satisfait. Il appuya sur plusieurs interrupteurs et tous les volets de la maison amorcèrent leur montée tandis qu'il rejoignait Lena dans la salle de bain…

Peu après, une espèce d'euphorie s'empara d'eux quand Lena insista pour qu'ils se prennent en photos ensemble. Avec leurs téléphones ils en vinrent à se mitrailler sous tous les angles pour finir par un véritable concours de grimaces qui leur tira plusieurs fous rires.

Ils se calmèrent un peu pour prendre une rapide collation sur le comptoir de marbre de la cuisine. Tout en mangeant, ils bavardaient distraitement comme l'aurait fait n'importe quel couple depuis longtemps installé. À un moment, Gerald se figea et regarda fixement sa maîtresse, un léger sourire aux lèvres. Un sourcil levé, elle demanda : « Quoi ? J'ai quelque chose entre les dents ?

— Non… Je me disais que…ce qu'on vit là, c'est magique. Cette entente entre nous… ça a l'air tellement simple, naturel.

— Oui. C'est un peu effrayant d'ailleurs.

— Je vois ce que tu veux dire, mais non.

— Non ?

— J'ai passé les dernières nuits à y penser. À y réfléchir. Il n'y a pas de raison d'avoir peur. Il faut juste profiter de ce cadeau que nous fait la vie. ». Elle se figea à son tour, il la regardait avec une douceur intense dans le regard. Une douceur qui l'enveloppait tout entière. Elle prit sa main sur le comptoir en baissant les yeux : « Tu vois, depuis le premier jour, je me dis que tu es trop parfait pour moi. Mais en fait, je crois que tu es trop parfait tout court. Personne ne t'arrive à la cheville.

— Trop parfait ? Moi ? Attention à ce que tu dis, je pourrais y prendre goût ! ». Il prit une pause d'athlète en bandant les muscles de ses bras. Elle se mit à rire et il en fit autant en embrassant sa main. Puis il reprit un ton plus sérieux pour lui dire en souriant : « Lena, tu m'as mis la tête à l'envers. Et tout ce qui va avec. Il n'y a pas de questions existentielles à se poser, de porte de sortie à se donner…

— Si ça part en vrille entre nous, tu pourras toujours t'enfuir par la fenêtre.

— Je ne fuis pas, moi. Ce n'est pas mon genre. ». Il embrassa son poignet, puis le pli de son bras et s'approcha en faisant remonter sa bouche entrouverte sur sa peau. Son souffle était brûlant. Lena but un verre d'eau d'un air détaché et quand son visage se retrouva tout près du sien, elle planta son regard dans le sien en soufflant : « Toi, tu cherches la bagarre… ». Il eut un petit sourire avant de déposer un baiser sur son épaule. Elle ne bougea pas d'un pouce alors qu'il vint respirer sa gorge : « Je préfère jouer avec ma poupée… ». Elle frissonna dans un sourire. Il fit pivoter le haut tabouret où elle était assise pour venir se poster entre ses jambes, prendre ses bras et les poser sur ses épaules. Puis il la souleva en plaçant ses mains sous ses fesses. Elle lui dit : « Tu sais que je peux encore marcher ? Tu es tout le temps en train de me porter…

— Chut, les poupées, ça ne parle pas… ». Elle réprima un petit rire en se mordant la lèvre inférieure puis elle prit sa bouche alors qu'il l'emportait vers la chambre. Quand il la déposa sur le lit et ôta son tee-shirt, elle le regarda sans bouger et dis simplement : « Très bien, les poupées ça ne bouge pas non plus… ». Il lui sourit de biais, un éclat joueur dans le regard. Puis il se mit à la déshabiller sans dire un mot, déposant un baiser sur chaque partie de son corps qu'il mettait à nu. Elle se laissait faire avec un sourire irrépressible. Il ne lui ôta pas ses sous-vêtements, se contentant de venir s'agenouiller entre ses jambes pour embrasser son mont de vénus à travers sa petite culotte. Elle avait la chair poule en essayant de deviner ses intentions, en vain. Il glissa ses deux mains dans son dos pour caresser sa peau en embrassant son ventre. Le contact un peu rugueux de sa barbe, celui un peu dur de ses paumes sur ses reins, tout concordait à lui donner la fièvre. En baissant la tête

pour embrasser les cheveux de son amant, elle murmura
: « Qu'est-ce que tu fais ? tu veux me rendre dingue c'est
ça ?

— Non, je reconnais ton corps… Je veux goûter
chaque centimètre carré de ta peau…

— Prends tout…Prends-moi…

— Chut… Je vais tout prendre mais laisse-moi tout
explorer… tout annexer… ». Elle bascula la tête en
arrière en soupirant profondément. La bouche de Gerald
redescendit vers son entrejambe et glissa vers ses cuisses
qu'il embrassa, respira, caressa longuement. Il descendit
jusqu'à ses chevilles, Lena s'étendit, se délectant d'une
attente qu'elle saurait bientôt récompensée. Quand il
caressa ses pieds, elle se raidit cependant, il murmura : «
Chatouilleuse hein ? ça ne m'étonne pas… ». Son amant
repris son chemin de baisers et de caresses à partir de la
cheville de l'autre jambe, remontant lentement alors que
la respiration de Lena se faisait plus profonde et
saccadée. Totalement alanguie, le sexe en fusion, elle
sentit les mains de Gerald faire descendre doucement sa
culotte, sa peau se couvrit d'une chair de poule
électrique. Quand il écarta ses jambes et vint l'embrasser
dans le pli de l'aine, elle ne put garder les yeux ouverts
et soupira profondément. Il passa une main caressante
sur sa toison avant d'y déposer un baiser plus appuyé.
Lena sursauta vaguement quand elle sentit sa langue
s'insinuer entre ses lèvres en fusion. Simultanément, il
fit glisser un de ses doigts à l'orée de son sexe et l'y
enfonça lentement tandis que sa langue, elle, s'affairait
déjà nerveusement. Les mains de Lena se crispaient au
bord du lit alors que son amant la mettait au supplice.
Ses jambes s'écartèrent largement tandis que
l'exploration de Gerald se faisait plus profonde. Il prit
son temps et le corps de sa maîtresse n'en finissait plus

de se tordre, de se cambrer. Ses soupirs se muèrent en gémissements puis en plaintes, suppliques. Par instant, il venait poser une main caressante sur son ventre frémissant, elle s'y accrochait tant qu'elle y restait. Quand elle se sentit au bord de l'orgasme, elle le supplia de ne pas s'arrêter et planta ses griffes dans les draps jusqu'à l'éblouissement qui lui tira un râle guttural. La tête renversée, elle suffoquait presque quand elle rouvrit les yeux. Elle sentit le contact de la verge de son amant contre son sexe encore hypersensible et resserra les jambes comme par reflexe. Il les saisit et s'apprêtait à la pénétrer quand elle le surprit en se redressant pour le repousser un peu brusquement. Comme il était à genoux sur le sol, elle le bouscula pour qu'il s'étende sur la moquette tout en l'embrassant voracement. Il feignit de l'en empêcher, elle planta son regard sombre dans le sien qui brilla intensément alors qu'il soufflait : « Le chat sauvage… ». Il s'assit par terre, appuyé contre le lit et eut une respiration saccadée à son tour quand elle vint prendre son sexe en bouche sans préambule. Il écarta ses cheveux en bataille pour voir son visage alors qu'elle s'appliquait à le mettre au supplice. Sa bouche, sa langue, ses mains, tout s'accordait à lui rendre le plaisir donné. Sans cesser un instant d'aspirer vers elle le plaisir de son amant, elle leva les yeux vers son visage et leurs regards se captèrent. Celui de Gerald, plus clair et luisant que jamais témoignait d'une ivresse difficilement contrôlée et celui de Lena, ténébreux, tel deux braises couvant l'incendie. Et dès qu'elle les détournait, il tirait doucement sur ses cheveux pour les croiser encore. Il murmura d'un ton presque suppliant : « Regarde-moi Lena… Regarde-moi… ». Elle comprit que son regard sur lui avait presque autant d'impact que les caresses qu'elle lui prodiguait. Et en le regardant en proie aux affres du plaisir, elle ne put que le trouver plus beau encore qu'à l'accoutumée. Il y avait une fragilité en lui, fragilité qui s'accentuait en fonction des mouvements de sa langue, de l'intensité de sa succion. Son torse se levait et s'affaissait au rythme de sa respiration profonde. Sa pomme d'Adam saillante quand sa tête basculait en arrière, ses tétons dressés, elle tenait toute sa force au bout de sa langue. Elle le possédait sans le pénétrer, seule maîtresse de son abandon. Mais quand il sentit qu'il ne tarderait plus à jouir, il eut un sursaut et arracha Lena à son corps en l'attrapant par les cheveux. Un peu désappointée, elle n'eut pas le temps de réagir qu'il la renversait sur le dos au sol pour la pénétrer assez sauvagement. Dès qu'il fut en elle, il se figea et sembla vouloir calmer le jeu en caressant son visage. Et aux premiers coups de reins lents, elle ne put que s'alanguir. Il vint appuyer son front contre le sien et murmura : « Tu me tues Lena… Tu me rends fou… ». Elle prit son visage en coupe pour l'embrasser délicatement, frôlant d'abord ses lèvres des siennes. Les yeux clos pour mieux respirer son souffle, effleurer sa bouche du bout de son nez. Il répéta son prénom à mesure que le rythme de ses reins s'accélérait. Elle ouvrit grand les yeux pour mieux voir les traits de son amant aux prises avec un plaisir qu'elle ressentait au plus profond de son corps. Quand l'onde se fit de plus en plus forte, elle s'accrocha à son cou et comme par réflexe, y nicha son visage quand la dernière vague de chaleur traversa tout son être. Ils partagèrent un même gémissement en atteignant la jouissance ensemble. Gerald chercha sa bouche mais Lena resta un instant crispée, le visage contre sa gorge. Il caressa sa tête en demandant, essoufflé : « Lena ? ». Elle ne répondit pas mais la prise de ses mains aux épaules de son amant se détendit peu à peu. Il répéta : « Lena ? ça ne va pas ? ». Quand elle s'écarta progressivement, une bouffée d'émotion trop pure la troublait intensément. Elle tenta de fuir le regard de son amant, mais il retint son visage d'une main et découvrit ses yeux luisant de larmes contenues. Il eut une expression douloureuse : « Lena... Qu'est-ce qu'il y a ? Parle-moi... ». Elle se laissa aller mollement sur le sol et s'efforça de le rassurer d'une voix éteinte : « Rien, rien, tout va bien... ». Il resta au-dessus d'elle et insista avec douceur : « Non... Je vois bien que non... ». Elle retint un sanglot et s'efforça de sourire alors qu'il caressait sa tempe du bout des doigts. Elle se sentait tellement ridicule, elle aurait voulu fuir, mais à la première ébauche de mouvement qu'elle fit, il la retint. Il lui dit paisiblement : « Je ne bougerai pas de là tant que tu ne m'auras pas parlé. Et je dois peser au moins cinquante kilos de plus que toi. Voir soixante. ». Son regard sur elle était d'une telle tendresse qu'elle s'y perdit un court instant mais y trouva le courage de dire : « Gerald... Tu ne te rends pas compte du bien que tu me fais... ». Il lui sourit et elle ajouta, en caressant distraitement sa barbe : « Tu es une licorne mon grand... ». Il pouffa vaguement de rire et un sourire triste flotta sur la bouche de Lena quand elle poursuivit : « Tu es une espèce de créature magique surgie de nulle part. Et à chaque fois que tu me fais l'amour... Je m'oublie, il n'y a plus de moi, de toi... Il y a nous. ». Il se figea, ému, et vit une grosse larme couler au coin de l'œil de sa maîtresse. Il la recueillit au bout de son pouce et l'évidence absolue de l'amour lui ravagea le cœur. Mais en la regardant, ses beaux yeux bruns luisants d'émotion et de fragilité, il sut qu'il était trop tôt pour elle. Trop tôt pour lui dire, même s'il le ressentait par tous les pores de sa peau. Il se contenta de lui murmurer : « Il n'y a pas que quand on fait l'amour. Ce nous est là depuis le début Lena. Pour moi, en tout cas, c'est une évidence. ». Il lui sourit sereinement et elle trouva dans ce sourire quelque chose de fort, de solide qui l'apaisa. Ils échangèrent plusieurs petits baisers avant de retourner vers le lit. Lena se pelotonna contre son amant et alors qu'elle s'endormait, il la tint contre lui en respirant ses cheveux. Il finit par sombrer à son tour, ses battements de cœur enfin tranquilles, réglés sur la certitude de tenir entre ses bras le seul véritable amour de sa vie…

Le reste de la journée passa au rythme d'étreintes tantôt tendres, tantôt enflammées. Lena et Gerald ne quittèrent quasiment pas la chambre si ce n'est pour déplacer leur passion jusqu'à la salle de bain. Mais quand la lumière extérieure commença à décliner, il insista pour qu'ils aillent voir quelque chose au garage. Elle enfila un des tee-shirts de son amant et lui se contenta d'un bas de pyjama. Il l'invita à s'assoir sur le capot d'une des voitures bâchées face au long volet roulant du garage en jouant le mystérieux. Il actionna l'interrupteur et la porte remonta assez vite. Juste en face de Lena, entre les deux villas du trottoir d'en face, le soleil descendant prenait des couleurs mêlées de mauve et d'orange. Il vint s'assoir à côté sur le capot en souriant : « Tu vois ça ? Le soleil couchant entre deux maisons ? C'est un de mes petits bonheurs secrets… Je peux avoir une grande baraque, une grosse voiture et tout le tremblement, ça…

— Ça c'est toi. ». Elle avait dit ces mots dans un souffle. Il parut ému par sa réponse et baissa brièvement les yeux en souriant. Quand il les leva à nouveau vers elle, elle caressa sa barbe du bout des doigts et ajouta : « Je crois que c'est ça qui m'a attirée vers toi. Après ton physique de gladiateur évidemment ! (Il pouffa de rire)

C'est cette lumière cachée... Il y a quelque chose de naturel, de lumineux en toi. Pas une lueur aveuglante, une lumière qui réchauffe, qui rassure... ». Elle eut le fugace souvenir douloureux de la colère qu'elle ressentait encore le matin même. Avant que le tableau du musée ne la calme et que la lumière du soleil ne la ramène vers Gerald. La souffrance qui avait engendré sa colère était encore là mais elle ne voulait pas se laisser submerger. Elle déposa un petit baiser sur la bouche de son amant et prit un air détaché pour dire : « Quand même, il y a un truc qui me chiffonne avec ta maison...

— Quoi donc ? À part le fait qu'elle soit trop grande, trop mal décorée, trop...

— Arrête, mais il y a de ça. Pourquoi une si grande maison, il y a quoi, trois chambres au moins non ?

— Oui, trois...

— Autant de place, de pièces juste pour deux ? ». Il eut un air un peu sombre en disant : « Quand on s'est mariés, un an avant d'acheter la maison, on voulait... Non, JE voulais des enfants.

— Oh... Et elle, non.

— Voilà. Mais elle voulait "être à l'aise chez elle", c'était son expression consacrée. Donc, une grande maison qui en mette plein la vue à tout le monde.

— Je vois...

— Au bout de trois ans de mariage, j'ai eu une vasectomie parce qu'elle ne supportait plus la pilule. Enfin, c'est ce qu'elle me disait... Donc tu vois, si tu veux arrêter ton mode de contraception, tu peux. Tu ne risques rien avec moi. ». Son expression s'était attristée davantage à mesure qu'il parlait. La douleur et l'amertume dans ses mots était évidente. Mais Lena s'était figée. Elle aurait voulu le prendre dans ses bras mais sa peine la renvoyait à la sienne. Encore un point

136

commun. Affreux celui-là. Son cœur se mit à battre de manière désordonnée et ses yeux s'embuèrent. Elle luttait intérieurement pour repousser ce qui montait de ses entrailles. De toutes ses forces. Mais Gerald nota le changement chez elle et se leva pour lui faire face et lui dire doucement : « Hé… Lena… Ne soit pas triste pour moi. Avec le temps, j'ai fait mon deuil de la paternité tu sais. ». Ses yeux clairs, caressants et inquiets sur elle, et cette douleur qui hurlait dans ses tripes. Elle ne pouvait plus dire un mot. Il vint l'entourer de ses bras et soudain, le menton posé sur l'épaule de son amant, elle dit : « Ce n'est pas ça qui… Je n'ai pas de contraceptif, je n'en ai pas besoin… ». Il s'écarta, un peu perplexe. Le regard plein de larmes contenues de Lena se perdit loin devant elle et elle raconta d'une voix blanche : « Deux ans après mon mariage avec Etienne, mon ex… Je suis tombée enceinte. On s'aimait et il voulait avoir des enfants, c'était important pour lui. Il disait qu'il ne se sentirait vraiment un homme que si… à six mois de grossesse, j'étais déjà bien grosse… On a eu un accident de voiture. ». Gerald se raidit en fronçant les sourcils. Il savait qu'il ne fallait rien demander, ne pas poser de questions. Lena se livrait, l'air hagard, au prix d'une souffrance qu'il percevait instinctivement. Elle marqua une pause et poursuivit : « Les jumeaux n'étaient pas avec nous ce jour-là heureusement. Ils étaient en colonie de vacances… L'accident c'était… Un truc affreux et fulgurant. La voiture s'est encastrée sous un camion. Sans les airbags, je ne serais sûrement plus là… Mais je… J'ai perdu l'enfant. Une petite fille. J'avais eu un grave traumatisme au dos. Plusieurs opérations, longue hospitalisation… Le tatouage, c'était pour cacher les cicatrices au départ… Et puis une maladie nosocomiale, infection. Hystérectomie. Fin de l'histoire, stérilité…

Mais j'avais mes garçons alors, je me suis relevée de tout ça. Grâce à eux, uniquement… Mon ex lui… Au fil du temps, je ne représentais plus la femme qu'il lui fallait… Un jour, je l'ai entendu dire à son frère que j'avais… un beau cul et une belle gueule mais plus rien à l'intérieur, une coquille vide. (Elle eut un ricanement amer) Et progressivement, il ne s'est plus intéressé à moi en tant que femme à part entière. Mais moi… Je l'aimais. Comme la sombre conasse aveugle que j'étais. Parce que moi… quand je tombe amoureuse, c'est pour la vie. C'est du moins ce que je croyais… ». Comme si elle se réveillait en sursaut elle réalisa que son visage était baigné de larmes et s'essuya les yeux prestement. Gerald se tenait à deux pas d'elle, totalement sidéré, bouche bée. Quand elle risqua un regard vers lui, il sembla reprendre pied dans la réalité lui aussi et se redressa soudain. Il fit un pas en arrière, presque chancelant et se retourna brusquement pour envoyer un violent coup de poing dans son sac de frappe en rugissant : « Putain ! ». Elle sursauta et porta une main devant sa bouche en regrettant aussitôt de lui avoir raconté tout cela. Il lui tournait le dos, respirant par à-coups en s'appuyant au sac. Elle risqua, du bout des lèvres : « Gerald ? … ». Il se redressa lentement, souffla un autre juron et se tourna vers elle, il semblait furieux et dit d'une voix plus grave que jamais : « Je te préviens que si un jour on croise cet enfoiré, je lui défonce la gueule. ». Puis il se précipita pour la prendre dans ses bras et la serrer étroitement. En proie à des émotions contradictoires, il ferma fortement les yeux en enfouissant son visage dans le cou de Lena. Et il murmura, mâchoires contractées : « Si on avait eu seulement la chance de se croiser au bon moment… ». Elle embrassa son oreille délicatement et répondit dans un souffle : « C'est maintenant le bon moment… ». Il s'écarta pour caresser son visage : « Oui… Maintenant. ». Et ils échangèrent un long baiser d'une douceur indescriptible… Quand leurs bouches se quittèrent, Gerald eut une idée. Il ramassa ses gants et le donna à Lena : « Tiens mets-ça et cogne là-dedans un peu, ça te fera du bien ! ». Elle rit brièvement en croyant qu'il plaisantait mais il était on ne peut plus sérieux. Les gants étaient bien trop grands pour elle mais, amusée, elle donna quelques coups dans le sac sans conviction. Ils riaient tous les deux quand une sonnerie se fit entendre. Un appel sur le téléphone portable de Gerald, il eut une grimace, Lena l'incita à répondre. C'était un appel d'Armand. Pendant que les deux amis discutaient, Lena s'installa derrière l'ordinateur de son amant et se connecta sur Messenger. Là elle, envoya un message à Sophie répondit dans la minute : « Quand même ! Tu donnes des nouvelles ! J'étais inquiète ! ». Lena sourit et tapa : « Tu es toute seule ? Je voudrais me mettre en visio pour te montrer quelque chose.

— Oui. Tu peux y aller. ». Bientôt une petite fenêtre s'ouvrit sur le visage de Sophie et une autre sur celui de Lena. Les deux amies se sourirent largement et Sophie remarqua tout de suite : « Mais tu es où ? je ne reconnais rien derrière…

— Hé hé, surprise ma vieille, regarde bien… ». Lena fit pivoter l'ordinateur portable en direction de Gerald qui était toujours au téléphone à quelques mètres d'elle. Puis elle se leva, rejoignit son amant, lui vola un baiser avant de revenir vers le bureau et de ramener l'ordinateur en face d'elle. Le visage aussi stupéfait que réjouit de Sophie lui tira un fou rire. Son amie se mit à taper sur son clavier : « Il peut m'entendre ? ». Lena fit oui de la tête et leur conversation reprit par message interposé pianoté. Sophie commença avec forces mimiques : « C'est un avion de chasse Sean Connery !!! Il a pas un frère ? Même moins grand ?

— Il a deux frères je crois, je me renseignerais pour toi !

— Non mais sérieusement Lena, je suis contente que tu ne sois pas restée chez toi à te morfondre.

— Tu avais raison. Je n'ai plus de temps à perdre.

— Voilà, il faut toujours écouter la voix de la raison qui s'appelle Sophie. ». Gerald, toujours au téléphone, passa derrière Lena et les deux amies se figèrent avec un sourire de connivence. Il caressa distraitement l'épaule de sa maîtresse, prit congé d'Armand et se pencha aussitôt pour embrasser la gorge de Lena. Elle émit un petit rire en voyant Sophie ouvrir de grands yeux puis elle dit à son amant : « Gerald, laisse-moi te présenter ma meilleure amie : Sophie. ». Il lui adressa un regard surpris et au geste qu'elle fit vers l'ordinateur, il releva la tête et compris. Il sourit largement alors que Sophie lui faisait un petit signe en disant : « Bonjour monsieur ! ». Il la salua à son tour et une conversation légère s'amorça entre les trois compères, exactement comme si Sophie s'était trouvée auprès d'eux et non à deux cent kilomètres de là. Quand Lena referma l'ordinateur un peu plus tard, elle avait retrouvé un moral au beau fixe. Gerald lui proposa : « Et si on sortait ce soir ? Resto ? Balade au clair de lune ?

— J'avais une autre suggestion à te faire… ». Face à son regard de biais, il l'attira contre lui mais elle lui tapota l'épaule en disant : « Non, pas ce genre de suggestion !

— Dis-moi…

— Je pensais qu'on aurait pu… aller chez moi ? Que je te fasse visiter mon palace moi aussi. Et que je te présente à mes poilus. ». Il affecta un air exagérément sérieux : « Holà, ça demande réflexion. Rencontrer tes chats, ce n'est pas rien. Je ne sais pas si je suis prêt pour ça… ». Elle roula des yeux et voulu s'écarter il la serra plus étroitement en caressant ses hanches : « Je plaisante… Je plaisante parce que je suis nerveux.

— Nerveux ? Pourquoi ?

— Tu viens de m'inviter chez toi. ». Un rien d'émotion faisait briller ses yeux clairs. Elle déposa un petit baiser sur sa bouche et ajouta presque dans un murmure : « Tu as mal compris, je viens de t'inviter à passer la nuit chez moi. Et autant de nuits que tu voudras d'ailleurs… ». Il détourna les yeux en souriant. Elle caressa sa nuque et attrapa sa queue de cheval pour la secouer en disant : « Alors ? Elle est émue ma Licorne ? ». Il pouffa se rire et ils retournèrent dans la maison pour s'habiller…

Pour une question de confort, ils choisirent de prendre le 4x4 de Gerald plutôt que la mini de Lena et en fin début de soirée, ils prirent la route vers Montpellier. Contrairement à la première fois qu'ils avaient fait un peu de route ensemble, le contact entre eux ne fut rompu à aucun moment. Gerald gardait une main posée sur les jambes de sa maîtresse et ils ne cessaient de bavarder, faisant toujours un peu plus connaissance. Et quand il se gara en bas de son sa résidence, ils bavardaient toujours. C'était un petit immeuble de quatre étages entouré d'arbres en bordure d'une zone pavillonnaire. Le tramway passait non loin et une multitude de petits magasins simplifiait la vie des riverains. Le quartier de Lena ressemblait un peu à une place de village. Elle habitait au premier étage un appartement de trois pièces récemment rénové. Quand ils montèrent l'escalier, une certaine fébrilité les saisit tous les deux. Mais quand elle fouilla son sac et en sortit ses clés, les miaulements de ses chats derrière la porte lui tirèrent un sourire alors que Gerald disait : « Ils ne vont pas me sauter dessus au moins ? ». Elle rit en poussant la porte et il vit aussitôt les trois chats obèses venir se frotter à ses chevilles. Il pouffa : « Mais ils sont gras comme des moines ! ». Les félins ne lui accordèrent aucune attention. Elle s'accroupit pour les caresser alors que son amant découvrait son intérieur avec un sourire serein. Quand elle se releva et l'invita à la suivre, allumant toutes les lumières devant elle, il ne dit plus un mot, l'œil brillant. Les tableaux, les couleurs et la foule d'objets hétéroclites s'étalant un peu partout lui tirèrent un sourire étrange qui n'échappa guère à sa maîtresse. Elle s'interrompit dans la visite pour se planter devant lui, l'air incertain : « Oui, je sais, par rapport à chez toi, c'est un capharnaüm… Mais chaque chose que tu vois ici a une histoire tu sais.

— Tu n'as pas à te justifier. Au moins, on ne peut pas dire que c'est froid et impersonnel chez toi.

— Tu peux si c'est ce que tu penses. J'ai été honnête avec toi concernant ton intérieur, je veux que tu le sois avec moi Gerald.

— Tu ne me croiras pas si je te dis ce que j'en pense.

— Pourquoi je ne te croirais pas ?

— Parce que… J'adore. Et que tu vas penser que je dis ça pour te faire plaisir non ? ». Elle roula des yeux et ouvrit une porte devant lui. Sa chambre, il eut un vague frisson en entrant, toute la pièce embaumait du parfum de Lena. Un lit ancien à barreaux, une profusion d'oreillers, une couette épaisse et un couvre-lit en patchwork dans les tons pourpres. Les mêmes tons que les épais double-rideaux qui donnaient des airs de cabaret à la pièce. Un petit sourire flottait sur la bouche de Gerald alors qu'il faisait quelques pas dans la pièce. Les chats en profitèrent pour venir tous s'installer sur le lit. Lena croisa les bras et demanda : « Alors ? Ce lit est assez grand pour toi non ?

— Il est parfait. Tout est parfait… c'est tellement toi. Cette profusion de jolies choses à découvrir et la douceur qu'il s'en dégage… ». Elle baissa les yeux fugacement et souffla : « Viens, j'ai autre chose à te montrer… ». Il prit la main qu'elle lui tendit et ils retournèrent au salon. Elle l'invita à s'assoir à sa table à dessin, il dit : « Donc voilà où tu travailles… Face à la baie vitrée. ». Elle fouilla ses tiroirs et en sortit plusieurs piles de feuillets qu'elle posa devant lui en disant : « Oui, face à la fenêtre pour ne pas rater le coucher de soleil l'été… Toi dans ton garage et moi ici, on en a peut-être partagé certains. ». Il l'attrapa lestement par la nuque au passage et l'embrassa langoureusement. Elle se laissa aller contre lui et quand leurs lèvres se quittèrent, il murmura contre sa bouche : « J'en suis sûr. ». Elle sourit et s'écarta avec un éclat espiègle dans l'œil : « Regarde ça, je vais nous faire une tisane… ». Elle avait tapoté le tas de feuillets et il y posa les yeux. Il se reconnut sans peine sur chaque dessin et s'en trouva touché. Puis de plus en plus intéressé en voyant quel tournant plus ou moins érotiques prenaient les esquisses. Quand Lena revint vers lui, tasses en main, il s'éclaircit la voix et lui demanda : « Euh… Tu n'aurais pas un peu exagéré sur certaines…proportions ? ». Elle ricana puis, jetant un coup d'œil au dessin elle lâcha : « Ah mais quand j'ai fait celui-là, on n'avait pas encore… conclu. C'est une vision fantasmée. ». Elle posa les tasses et il en profita pour l'attirer sur ses genoux et enfouir son visage dans ses cheveux en disant : « Donc tu m'as fantasmé ?

— Comme tu peux le voir…

— Et est-ce que la réalité t'a déçue ?

— Absolument pas. ». Elle se retourna pour se mettre sur lui faire face, à califourchon. Puis elle frotta doucement son visage contre sa barbe en fermant les yeux. Il prit un des feuillets et souffla : « J'aime vraiment beaucoup celui-là… ». Elle y jeta un œil, c'était un de ceux où elle s'était représentée avec lui, tous deux endormis dans l'herbe. Il continua de passer en revue chaque feuillet alors qu'elle se coulait contre lui, le nez dans son cou. La plénitude qu'elle ressentit alors lui parut totalement nouvelle. Comme si elle ne l'avait jamais connue de sa vie. Et en y réfléchissant elle réalisa que oui, elle n'avait jamais connu un tel sentiment de sécurité et de paix. Gerald n'attend rien d'autre d'elle… qu'elle. Il soupira : « En tout cas, si on vient un jour à manquer d'inspiration, on aura toujours ces dessins pour nous aider. ». Elle ne répondit pas, se délectant de sa voix tout près de son oreille. Il vint caresser son visage et l'écarta un peu pour déposer plusieurs petits baisers sur sa bouche. Puis il lâcha : « Mais je ne pourrais jamais manquer d'inspiration… ». Il reprit sa bouche, plus langoureusement, allant chercher sa langue du bout de la sienne. Lena enroula ses bras autour de son cou et détacha doucement ses cheveux pour y plonger ses mains. Il commença à caresser son dos quand il se figea et demanda : « Est-ce que ton lit grince ? ». Elle réprima un éclat de rire et prit une seconde de réflexion avant de répondre : « En fait, je ne sais pas… Quand je me couche, je ne fais pas des bonds dedans !

— Tu aurais pu t'en rendre compte en…

— J'ai acheté ce lit après mon divorce. Et depuis, personne n'a profané ce sanctuaire sacré ! À part mes chats bien sûr. ». Il sourit et releva fièrement la tête avant de dire : « Je suis l'élu. ». Elle rit alors qu'il se levait en la portant : « Mais arrête de me porter bon sang !!

— Non.

— Mais je peux…

— Attention petite, avec ce genre de lit je vais pouvoir t'attacher aux barreaux si tu ne te tiens pas tranquille !

— Et si c'est moi qui t'attachais plutôt ? Je te garde prisonnier, je te nourris, je te lave et tu ne sors plus de cette chambre. ». Ils entraient dans la pièce, il dit d'une voix rauque : « Dis-moi ce que je dois faire pour mériter ça, que je le fasse tout de suite… ». Les trois chats prirent la fuite quand Gerald renversa Lena sur le lit. Et ce qui se produisit ensuite dans la chambre leur ôta toute envie d'y revenir…

Une autre nuit d'amour. Longue et intense, entrecoupée de phases de sommeil profond. Quelque chose d'aussi simple qu'instinctif. Et quand vers cinq heures du matin Lena s'endormit alors que la nuit pâlissait déjà, Gerald se prit à admirer son tatouage. Elle reposait à plat ventre à côté de lui. Il écarta quelques mèches de ses cheveux bruns et l'aube ne tarda pas à darder ses premiers rayons sur sa peau. Le dragon de Lune. Long serpent ailé serrant contre lui l'astre nocturne. Puis il se souvint de ce qu'elle lui avait confié à propos de l'accident de voiture et une colère sourde le hanta. Il détourna les yeux, il ne voulait pas chercher les cicatrices que cachait le tatouage. Il fixa son regard vers la fenêtre et le matin qui s'invitait dans cette chambre. Il se laissa glisser dans le lit en soupirant. Il ne pouvait réécrire le passé, il fallait se rendormir. Mais il n'y parvint pas, les yeux grands ouverts, s'imaginant la vie qu'ils auraient pu avoir ensemble s'ils s'étaient connus plus tôt. Ne faisant ainsi qu'alourdir sa tristesse naissante... Une heure plus tard, n'en pouvant plus de tourner en rond dans sa tête, il se leva. Le plus silencieusement possible, il chercha de quoi faire du café dans la cuisine. Mais c'était sans compter les trois chats et leur curiosité. Ils eurent tôt fait de venir lui tourner autour, le flairant de loin, se postant en hauteur pour mieux l'observer. Quand il eut enfin trouvé tasses et dosettes et qu'il s'appuya contre le four pour déguster son café, il réalisa que les trois chats le fixaient de leur point de vue. Un sur le frigidaire, l'autre sur la table et le troisième au bord de l'évier. Il se figea et leur dit, avec un sourire de biais : « Moi c'est Gerald. Et vous ? ». Freyja bailla à s'en décrocher la mâchoire alors que Lena, sur le pas de la porte disait : « Le gros c'est Indi. Le noir. La toute blanche c'est Freyja, forcément et l'écaille de tortue c'est Gala. ». Il lui sourit : « Tu as bien dormi ?

— Pas assez. Mais c'est pour la bonne cause.

— Laquelle ? ». Elle vint se lover contre lui en ronronnant : « Te donner envie de rester... ». Ils échangèrent un petit baiser et Gerald lui dit, alors qu'elle se préparait un café : « But atteint. ». Elle but une gorgée de café et soupira spontanément : « Toi ! Je... ». Elle se figea, retenant les deux mots qui s'apprêtaient à sortir de sa bouche. À sa mine désappointée, Gerald pouffa de rire et lui caressa la joue avant de dire : « Je sais, moi aussi. ». Elle se pendit à son cou et le respira intensément. Même si elle n'arrivait pas encore à le formuler, elle ne pouvait ignorer ce que cet homme lui inspirait. Quelque chose de l'ordre du blocage la retenait encore. Sans doute parce qu'elle savait que le jour où elle se l'avouerait pleinement, il n'y aurait plus de retour en arrière. Il n'y en avait jamais quand Lena aimait. Elle donnait tout jusqu'à s'oublier elle-même...

Le cours de la journée aurait pu se poursuivre dans cette quiétude nouvelle mais un événement inattendu vint bouleverser leur rêve éveillé. Quand vers neuf heures Gerald ralluma son téléphone portable, Lena vit l'expression de son visage passer de surpris à totalement sidéré. Lena s'inquiéta aussitôt : « Qu'est-ce qui se passe ? ». Il eut comme une absence avant de pouvoir articuler : « Ma maison... Il y a eu un... Incendie cette nuit. ». Elle porta les mains à sa bouche, ne sachant plus quoi dire, il appela aussitôt ses voisins qui avaient cherché à le joindre. Lena ramassa leurs affaires en hâte et s'habilla plus rapidement encore. Tout en téléphonant, Gerald en fit autant et peu après, ils étaient en route. Comme il roulait assez vite, il leva le pied à mi-chemin en pestant : « Putain ! Pourquoi je me presse ! Ça changera rien ! Putain ! Merde ! ». Lena se sentait totalement impuissante, elle bredouilla : « Est-ce que... Est-ce que tu sais ce qui...
— Martin m'a passé le chef des pompiers, à priori un court-circuit dans le garage...Putain mes bagnoles !
— Je suis désolée pour toi, vraiment...
— Je sais... Mais bon... Même si j'étais bien assuré... Mes bagnoles putain ! ». Elle posa une main compatissante sur sa jambe et il s'efforça de lui sourire même si tout son visage était tendu par le stress. Et en se garant derrière un énorme camion de pompier, sa tension nerveuse monta encore d'un cran. Quand ils se retrouvèrent devant la maison dont il ne restait plus que la moitié, fumant encore par endroit, Gerald ne put retenir une série de jurons en plaquant ses mains sur sa tête. Certains voisins vinrent pour lui parler mais il les

ignora pour se diriger vers le plus gradé des pompiers. Lena resta en retrait, un peu secouée par la vision ruiniforme de la villa. Il ne fallait pas être calé en la matière pour voir que le feu s'était déclaré dans le garage. Tout y était carbonisé. Quand il revint vers elle, Gerald contenait difficilement sa colère. Il l'attira contre lui presque machinalement, embrassa ses cheveux et s'écarta pour dire, la voix éteinte par la contrariété : « Bon. Effectivement, c'est parti du garage. Un appareil électrique défectueux selon eux… L'assurance couvre ça en principe. Je la paye assez cher, putain ! ». Par moment la colère lui envoyait une impulsion qu'il réfrénait tant bien que mal. Lena ne sut que le prendre dans ses bras et lui dire doucement : « Écoute, il faut voir le bon côté des choses : tu aurais pu être là, endormi et… Il n'y a que des pertes matérielles. Que tu sois là, pour moi c'est l'essentiel. ». Elle prit son visage en coupe, il avait toujours les sourcils froncés : « Hé…Tu m'entends ? Ce qu'il y avait de plus précieux dans cette maison, c'est toi. ». Il ne put réprimer un vague sourire puis il leva les yeux vers elle et se souvint de tout ce qu'elle avait traversé avant d'arriver jusqu'à lui. Il parut se détendre un peu, puisant dans son regard sombre un peu de cette force morale qu'elle dégageait. Il soupira profondément, épaules basses et dit, l'air désœuvré : « Bon, il ne me reste plus qu'à appeler mon agent d'assurance… Tu devrais rentrer chez toi, je vais sûrement passer la journée à…

— Quoi ? Tu plaisantes ? Je ne vais pas te laisser maintenant !

— Mais tu ne vas pas…

— Rester là et t'attendre ? Bien sûr que si… Mais si tu as foutu le feu juste pour avoir une raison de me chasser, laisse-moi te dire que tu y vas un peu fort ! ».

Au regard taquin qu'elle lui adressait il ne put que pouffer de rire. Il regarda les décombres de sa villa alors que les pompiers rangeaient leur matériel et que les voisins, curieux s'approchaient de plus en plus. Le comportement de ces gens qu'il connaissait l'agaça. Il dit à Lena : « Allons plutôt au garage, je passerai tous les coups de fils de mon bureau. ». Et peu après, il annonça l'incendie à Armand qui ouvrit de grands yeux : « Non ?! La merde ! Bordel quelle tuile ! Un simple court-circuit ?! C'est complètement dingue ! ». Gerald ne s'étendit pas sur le sujet et se dirigea vers le bureau en invitant Lena à le suivre mais elle prétexta d'avoir à se rendre aux toilettes. Mais en fait, elle saisit l'occasion de parler seule à seul avec Armand : « Je peux te parler en privé un moment ?

— Bien sûr, viens par là… ». Ils se réfugièrent auprès de la Bentley, l'ami de Gerald semblait tout à coup inquiet. Il demanda : « Il y a un problème ? Avec Gerald ?

— Non, oh non, tout va bien. Il est… parfait. C'est juste que… Écoute, on ne se connait pas mais j'imagine que… Je ne sais pas trop quoi lui dire pour l'aider en cet instant. Le fait d'avoir perdu ses trois voitures, ça le remue et je ne… Je ne les ai même pas vues sans leurs bâches !

— Oh ça ! Ne t'en fait pas trop, ces trois voitures étaient dans son garage depuis au moins cinq ans ! La seule fantaisie autorisée par son ex !

— "autorisée" ?

— Vous n'avez pas parler d'elle encore ? Parce que je ne veux rien dire qui…

— Si, un peu. J'ai cru comprendre que c'est une femme un tantinet vénale mais…

— Un tantinet ? Un gros, un très gros tantinet moi je dirais !

— Il m'a dit qu'elle s'était faite financer son salon de coiffure pour finir par le quitter pour un autre.

— Tout à fait. Un autre qu'elle fréquentait depuis au moins deux ans avant de quitter Gerald. ». Lena eut une grimace amère mais se garda de livrer le fond de sa pensée. Elle ne put que souffler : « Je n'arrive pas à comprendre. Il est si gentil, doux, affectueux et beau ! Je me demande comment doit être celui pour lequel elle a…

— Plus riche, c'est tout.

— Plus riche ? Gerald est déjà bien trop riche pour moi alors j'ai du mal à imaginer !

— C'est le gérant d'une chaîne de supermarchés bio du coin. Un petit mec tout sec avec des dents qui rayent le parquet. Comme Agathe en fait, qui se ressemble s'assemble…En tout cas, je dois te dire un truc… ». Il sembla tout à coup gêné, ce qui piqua la curiosité de Lena. Il remonta ses lunettes sur son nez, se frotta sa grosse moustache grise et se lança : « La première fois que Gerald t'a vue. Il m'a parlé de toi le lendemain. C'est pas lui ça. Je veux dire… C'est un taiseux mon pote, faut lui tirer les vers du nez, depuis toujours. Et là, ce jour-là, il se pointe avec un petit sourire, le ravi de la crèche ! ». Ils partagèrent un petit rire et Armand ajouta : « J'ai pas eu à beaucoup à le cuisiner pour qu'il me dise qu'il avait rencontré une "vraie" femme.

— Une "vraie" femme ?

— Oui, je passerai sur les qualificatifs physiques mais disons que tu as tapé dans l'œil physiquement ET intellectuellement dès le premier jour. ». Lena baissa les yeux, c'était à son tour d'être gênée. Armand lui donna une petite tape dans le dos avant de dire en souriant : «

Et juste après, il m'a dit que tu ne devais avoir été qu'une apparition. Mais là, je suis bien content qu'il se soit trompé sur ce point. ». Elle lui adressa un sourire ému et la voix de Gerald derrière eux les fit presque sursauter : « On complote ? Déjà ? ». Armand ne tint pas compte de sa remarque et le questionna aussitôt sur les démarches qu'il allait devoir faire. Et pendant que Gerald les lui expliquait, Lena ne pouvait s'empêcher de le manger du regard. Il semblait s'être un peu détendu mais son regard sérieux et son ton posé n'en finissaient plus de la séduire. Il finit par remarquer son air enamouré et ne put réprimer un sourire de biais. Il s'interrompit pour dire à sa maîtresse : « S'il te plaît, arrête de me regarder comme ça, j'ai l'impression d'être à poils. ». Armand éclata de rire et Lena eut immédiatement l'image en tête et ouvrit la bouche d'un air outré. Elle feignit d'être vexée, croisa les bras et fit mine de s'éloigner. Son amant l'attrapa au passage, la ramena contre lui et la fit tourner pour l'adosser à son torse en disant : « Voilà, comme ça je ne vois plus tes yeux de chatte… ». Elle prit un air boudeur en attendant qu'il finisse de parler avec Armand, ce qui ne tarda pas car ce dernier dit : « En tout cas, t'es sdf mon pote, y a une chambre pour toi chez moi, tu le sais ! ». Lena rétorqua : « Chez moi aussi !

— Armand, tu as beau être mon meilleur pote, tu comprendras que… ». Ils se mirent tous trois à rire brièvement. Gerald avait retrouvé le moral. Il expliqua que selon son agent d'assurance, son contrat couvrait le sinistre qui avait quasiment détruit sa maison. Il faudrait évidemment quelques temps avant d'être remboursé mais Lena s'en réjouit presque et lui dit : « J'espère qu'il prendra tout son temps ton assureur. Je vais sûrement l'appeler pour le calmer d'ailleurs ! ». Il sourit largement avant de l'embrasser. Une voix s'éleva du fond du garage : « Hé il y a des hôtels pour ça ! ». En se retournant, ils virent Raphael qui venait vers eux. Après avoir été mis au courant de leur mésaventure, il les invita à venir manger le soir-même : « Lena, j'ai les mains sales, tu peux appeler Marion pour la prévenir ? ». Lena acquiesça et se saisit aussitôt de son portable pendant que les deux hommes discutaient. Marion se réjouit d'entendre sa voix : « AH bah quand même ! Mauvaise amie que tu es !!

— Oui, oui mea culpa… Dis-moi, tu aurais une place à toi pour une mauvaise amie affamée ce soir ?

— Évidemment !

— A tout à l'heure alors ! ». Elle avait volontairement tut la présence de Gerald. Elle demanda à Raphael de ne rien lui dire, juste pour avoir le plaisir de voir la mine de son amie quand ils arriveraient…

Le soir venu, ils firent une halte dans un hypermarché pour acheter quelques basiques puisque Gerald n'avait plus rien. Lena prit une brosse à dent et lui dit : « Voilà. On a tout.

— Quoi ?

— Bah oui, comme tu vas vivre tout nu tant que tu seras chez moi. ». Il rit brièvement avant de répondre : « Pas de problème si toi tu me promets d'en faire autant. ». Ils passèrent presque une heure dans le centre commercial à s'amuser comme des gamins. Lena s'évertuant à plaisanter et faire rire Gerald. Le voir sourire et entendre son rire solaire la remplissait de chaleur. Quand ils arrivèrent devant chez Marion et Raphael, le coffre du 4x4 était plein de vêtements et de mille et une petites babioles futiles. Et quand elle le vit arriver tous les deux, bras dessus bras dessous, le visage de la jeune femme s'éclaira. Elle s'exclama, en roulant des yeux : « J'en étais sûre ! Vous êtes trop beaux ensemble ! ». Sa joie non feinte amorça une soirée beaucoup plus légère que ce qu'aurait pu imaginer Gerald. À de nombreux moments pendant le repas, il réalisa que regarder Lena alors qu'elle bavardait en souriant suffisait à son bonheur. Et quand il repensait à l'incendie, à sa maison désormais à moitié en ruines, il en éprouvait de moins en moins de contrariété. De mots de son grand-père, comme surgis de nulle part lui revinrent en mémoire : « L'amour rend con mon gars. Mais c'est ça qui est bien. T'as le cerveau qui prends le large ! Quand tu sentiras que tu ne t'inquiète plus de rien parce que l'autre est juste là, à côté de toi...ce sera la bonne. ». Il eut un léger sourire et pensa que oui, il n'en n'avait plus rien à foutre du reste tant que Lena était là…

Les jours et les semaines qui suivirent se déroulèrent au rythme tranquille de leurs envies. Gerald reprit un rythme de travail normal, tout comme Lena. Et chaque soir quand il rentrait, il découvrait auprès d'elle le plaisir d'être attendu, parfois impatiemment. Un bonheur simple sans le moindre nuage. Leurs amis respectifs les mettaient cependant en garde régulièrement sur le fait qu'ils vivent presque en vase clôt. Mais ce n'était pas vraiment le cas. Gerald et Lena sortaient souvent, chacun d'eux voulant partager avec l'autre tout ce qu'il y avait de beau à voir et à vivre dans son environnement habituel. Ainsi, un jour qu'ils sortaient du musée d'Alambert, ils prirent un moment pour se promener un peu au hasard dans le parc voisin. Ils s'installèrent sur un banc au soleil et Gerald dit dans un soupir d'aise : « Tu connais Aix ?

— Un peu, j'y ai passé quelques week-ends avec Sophie, pourquoi ?

— Je comptais aller rendre visite à mon grand-père qui est dans une maison de retraite là-bas. On pourrait en profiter pour y passer quelques jours… Comme des vacances…

— Pourquoi pas ?

— Mais avant ça, On fera un crochet sur Nîmes.

— Pour ?

— Voir ma mère. Il est grand temps je crois. ». Lena affecta un air faussement inquiet et il lui sourit en disant : « Elle ne pourra que t'adorer. Elle a pris ses distances quand je me suis marié avec Agathe mais elle ne m'a jamais rien dit de mal sur elle. Mais je suis convaincu qu'une fois qu'elle te connaîtra, on la verra plus régulièrement. ». Lena allait répondre par une plaisanterie quand une voix fusa non loin, lui causant un frisson désagréable : « Lena ? Ça alors ! ». Avant même se de retourner, elle savait qu'il s'agissait d'Etienne, son ex-mari. Et en le voyant avec sa jeune fiancée, fier comme un paon, quelque chose de sombre se réveilla en elle. Gerald se redressa alors que le couple venait vers eux. Etienne s'approcha pour faire la bise à Lena mais elle ne bougea pas. Il mima le geste, l'odeur de son parfum écœura aussitôt la dessinatrice. Elle ne supportait plus rien chez lui. Il serra la main de Gerald mais sa compagne resta en retrait. Comme il l'avait toujours fait, Etienne fit le show, souriant trop et parlant trop fort : « C'est une chance de tomber sur toi ! Par une si belle journée, ça fait plaisir ! ». Lena, toujours assise sur le banc, leva les yeux vers lui sans la moindre expression au visage et demanda : « Une chance ? Pourquoi ?

— Eh bien… Tu sais, je t'en ai parlé, on déménage bientôt et…

— Ah oui, ça. Une chance oui.

— Mais tu ne me présente pas ? ». Sans regarder Gerald qui la sentait tendue, elle lâcha : « Non.

— Non ? Mais enfin Lena… ». Le sourire d'Etienne. Ce sourire commercial qu'il pouvait afficher même en disant des horreurs. Une vague de colère monta des tréfonds de Lena mais elle resta glacée en disant : « Il n'est pas utile que je vous présente.

— Je vois. Toujours aussi rancunière.

— Non, ce n'est pas ça. Pour éprouver de la rancune, il faudrait que tu représentes encore quelque chose pour moi Etienne.

— C'est quoi alors ? De la jalousie ? À cause du bébé sans doute… ». Il avait touché un point sensible. Le feu s'alluma dans le regard de Lena et elle se leva pour planter son regard dans celui de son ex-mari pour lui dire : « Non, ce n'est pas de la jalousie. J'aurais même plutôt de la peine pour cette petite qui fait l'erreur de faire un enfant avec toi. C'est juste que ta présence m'est insupportable, ta voix, ta tête de vendeur de canapé, même ton odeur. ». Etienne se raidit et fit un pas vers elle : « Mais qu'est-ce que tu… ». Il s'interrompit quand Gerald se leva et qu'il prit conscience de sa taille et de sa carrure. Sa fiancée se tenait craintivement en arrière, totalement perdue. Etienne souffla bruyamment et parut chercher ses mots pendant une seconde avant de dire, mâchoires crispées : « Et bien tu sais quoi ? Tant mieux. Parce que j'en ai autant à ton service Lena. Tu ne m'auras servi à rien de toute façon. ». Elle n'avait pas bronché mais Gerald s'avança. Elle tendit la main vers lui en disant froidement : « Non, mon amour, ne te donne pas cette peine… Adieu Etienne. Bonne chance Nadine. ». Ils s'éloignèrent aussitôt, le pas d'Etienne trahissait sa colère. Lena les suivit des yeux pendant un court instant, Gerald grogna : « Tu es sûre que tu ne veux pas que je…

— Non. Il n'en vaut vraiment pas la peine. On ne le reverra plus… ». Elle vint se lover contre la poitrine de son amant qui l'enlaça aussitôt. Il lui murmura à l'oreille : « Si tu n'avais pas dit les mots magiques, je l'écrasais.

— Les mots magiques ?

— "Mon amour"… ». Elle se figea en réalisant qu'elle avait dit ces mots sans même s'en rendre compte. Et c'est en cette seconde qu'elle comprit qu'elle avait beau redouter et refouler ce moment où elle s'avouerait être amoureuse, elle l'était déjà, et depuis le début. Il prit son visage entre ses mains pour l'inciter à s'écarter un peu et plongea son regard clair dans le sien. Ses yeux brillaient d'un éclat exceptionnel quand il lui dit : « Je sais que le dire te fait peur Lena.

— Ce n'est pas ça qui me fait peur…

— C'est quoi alors ?

— C'est ce que ça signifie pour moi Gerald. Je ne sais pas faire dans la demi-mesure… Avec moi, ça en devient ridicule… C'est pour la vie ou rien. Et si entre toi et moi ça ne tenait pas la distance… Je ne m'en relèverais pas cette fois. Tu es tellement parfait… Tellement parfait pour moi… ». Il sourit nerveusement, détourna le regard un instant et prit une profonde inspiration avant de dire : « C'est pour la vie Lena. Rien que pour la vie. Je t'aime. ». Son regard s'embua, elle ferma brièvement les yeux avec un sourire irrépressible. Il déposa un petit baiser sur sa bouche et ajouta : « Tu te souviens, Charles Ingalls, etc. ? ». Elle rit brièvement et eut une pensée pour Sophie alors qu'il la ramenait contre son torse pour la serrer étroitement. Un petit vent tiède les berça tandis qu'ils restaient ainsi, à l'ombre des arbres du parc. Lena murmura : « Moi aussi je t'aime Gerald. Follement, passionnément, désespérément, ridiculement… ».

Notes de l'auteur

Merci à vous d'avoir lu cette petite histoire. Il ne vous aura pas échappé que lors des moments érotiques, les protagonistes ne font pas usage de préservatifs. Sachez qu'il s'agit d'un choix de création qui n'a rien à voir avec la réalité. De nos jours, il est évidemment impensable de ne pas se protéger et je ne peux qu'encourager chacun(e) de nous à le faire. Ne mettez pas votre vie, votre santé -et celles des autres !- en danger, même au cœur de l'action, même au cœur de la passion.

Cette histoire est un roman autoédité. Ce qui signifie que tout a été fait par l'auteur elle-même. Il est sans doute perfectible mais si vous avez apprécié la balade, pensez à laisser un avis sur la plate-forme où vous l'avez acheté. C'est une des choses que l'auteur ne peut pas faire. Merci d'avance, j'espère que vous avez passé quelques bons moments auprès de Léna et Gérald et vous dis à bientôt, peut-être… ?

C.C.

www.ingramcontent.com/pod-product-compliance
Lightning Source LLC
LaVergne TN
LVHW091710190726
843493LV00001B/236